记忆遗产系列科幻小说

记忆遗产之混血神童

吴宗群 著

金城出版社
GOLD WALL PRESS

图书在版编目（CIP）数据

记忆遗产之混血神童 / 吴宗群著. —北京：金城出版社，2017. 5
ISBN 978-7-5155-1184-9

Ⅰ. ①记… Ⅱ. ①吴… Ⅲ. ①科学幻想小说 – 中国 – 当代 Ⅳ. ①I247. 5

中国版本图书馆 CIP 数据核字（2017）第 070987 号

记忆遗产之混血神童

作　　者　吴宗群
责任编辑　李　健
开　　本　880 毫米 × 1230 毫米　1/32
印　　张　5. 75
字　　数　80 千字
版　　次　2017 年 5 月第 1 版　2017 年 5 月第 1 次印刷
印　　刷　三河市百盛印装有限公司
书　　号　ISBN 978-7-5155-1184-9
定　　价　32. 00 元

出版发行　**金城出版社**　北京市朝阳区利泽东二路 3 号　邮编：100102
发 行 部　（010）84254364
编 辑 部　（010）64210080
总 编 室　（010）64228516
网　　址　http：//www. jccb. com. cn
电子邮箱　jinchengchuban@ 163. com
法律顾问　陈鹰律师事务所（010）64970501

引　言

千万年来，人类生生不息，给后人留下了无尽的遗产与宝藏，唯独最宝贵的智慧与记忆，却不能作为遗产留给后人，以致每个人来到这个世界上时，大脑中一片空白，必须通过艰苦且漫长的学习才能系统地掌握某个领域的专业知识与技能。

为此，每个人学习新知识需要耗费将近一生三分之一的时间，甚至毕其一生。即便如此，人类也不可能获取所有的知识，更不可能掌握宇宙的奥秘。

而这一切，正是一个离地球最远的奥密伽 7 星球人所为，他们主宰着宇宙间的一切，堪称宇宙的霸主。他们为宇宙间不同的星球设置了不同的功能；当他们赋予地球各种生命时，对人类预先做出了记忆存储与删除的设计，旨在控制地球生灵智慧上限，唯恐威胁到自己宇宙的霸主地位甚至奥密伽7星人的存亡。

然而，地球上一个小男孩的意外出现，让奥密伽7星人急剧恐慌，也让地球上几大巨头国家陷入纷争。

一场关于记忆遗传基因解密的争夺战，在中、美、埃及以及奥密伽7星球间展开……

目　录

第一章　横空出世

美国西海岸的美丽城市旧金山。

这座城市对于历史并不悠久的美国来说，算是一座有历史、有故事的城市了。这座城市的名字也是因为19世纪初在这里发现黄金后，大批怀着一夕致富“淘金梦”的人，从美国各地甚至世界各地搭船或者步行涌入这里。在众多的“淘金者”中，大量的华人劳工移居美国后也随着“淘金热”的大潮居住于此，于是按照华工的称谓，“金山”之名盛播天下。直到澳大利亚的墨尔本发现金矿后，为了区别于“新金山”的墨尔本，而改称“旧金山”。

这是旧金山湾区一处依山傍水的独幢别墅。远处，隐约可见这个城市地标性的建筑金门大桥，湛蓝的海水在阳光的照耀下波光粼粼，熠熠生辉。金门大桥是世界著名的桥梁之一，也是近代桥梁工程的一项奇迹。在“淘金热”时代，这座桥如同通往金矿的一扇大门，因此称之为“金门大桥”。在旧金山多雾的天气中，金门大桥仿佛是一座通往云端的橘红色阶梯，在雾气氤氲中时隐时现。它具有地标特色的橘红色，在海和天的冷色调反衬下更显得鲜艳温暖美丽，给人们带去无尽遐想。

别墅前，阳光下的草坪绿草茵茵，随着自动喷头均匀地转动，雾状水珠在阳光中折射出美丽彩虹。草坪的另一端，是一块画好白线的橄榄球场。球场上，一位七八岁的华裔混血少年彼德身着蓝白相间的丹佛野马队的T恤，头戴防护面罩，正在和几个邻家的男孩子欢快地玩着橄榄球。

这个社区的男孩子仿佛约好了似的，依次来到人间，又都来到这个社区。

彼德的队友卡莱，是矮个子白人男孩，比彼德小几个月，他的脸上长满雀斑，别的孩子都不愿意跟他组队，嫌他个头小，跑不快，球技也不怎么样。彼德每次却仗义地选择他作为自己的队友，卡莱也将彼德当成大哥，两个人堪称死党。

与彼德对阵的大个子男孩卢卡斯，比彼德整整大一岁，去年该入学时，他却赖在美国东部的外祖母家不上学，至今还算是学龄前儿童。

他的队友贾斯汀，也是一个高个子男孩，他和彼德同年，也是彼德的死党，这次对阵很委屈地与卢卡斯做了队友。

这四个孩子虽然性格不同，但是，他们都不约而同地拥戴彼德为“领袖”。拥戴他作为“领袖”最直接的理由就是，彼德一天学没上，却无所不知、无所不能，受过高等教育的成年人在他面前都感到相形见绌，这也成为这些孩子在父母面前声称“不用上学也能出色”的最好借口……

今年暑假期间学校在社区统计入学适龄儿童时，这几个孩子的父母就对他们进行“学前动员”。彼德作为他们“不需要上学”的代言人，在这些家长面前声称：“学校就是谋财害命的地方！”

甚至，彼德还公开带领这些小伙伴高呼：“所有学校都应该消亡！”

几位小伙伴明知今天是开学第一天，仍然仗着彼德之势，拉开了社区橄榄球对阵的架势。

球场上有四名运动员，球场下只有一名观众。那是一位胖乎乎的白人女孩，她和彼德年龄相仿，有一头金色卷发，一双清澈明亮蓝色的眼睛。她叫伊娃，是彼德的邻居卢克爷爷的孙女，也是从小和彼德一同长大的玩伴。她是彼德忠实的粉丝。

彼德这方赢了球，她会高声喝彩；对方赢了球，她会像男孩子一样打着唿哨，高声喝倒彩。这是让卢卡斯感觉最不爽的事情。

几个孩子正玩得开心，一个人叫停了比赛。

“彼德，今天开学，你快去换件衣服。”

一位年轻的母亲拉开停在路边的一辆银灰色英菲尼迪越野车的车门，呼唤彼德。

听到彼德母亲的喊声，卢卡斯吐了吐舌头，其他几个男孩也做着各种鬼脸，飞快地离开了球场——今天也是他们入学的日子。果不其然，几位家长已经不约而同地向彼德家的球场走来。

“知道今天是开学，还要玩球！”

说话的是一位满脸雀斑的小个子女人，她是卡莱的母亲。她一边和卢卡斯太太数落着孩子，一边向彼德家的球场走来。见到彼德的母亲依莎贝拉，她友好地打招呼：

“早上好，依莎贝拉。第一天送孩子上学就是你啰！”

依莎贝拉热情地和几位邻居寒暄。

见家长都赶来了，彼德也乖乖地放下了手中的橄榄球。

越野车后座的车窗打开，露出一张美丽少女的笑脸。她是彼德的姐姐莉莉。这学期，她已经是四年级的学生了。她也伸手招呼彼德快点上车。

彼德不耐烦地说：“妈咪，我不去！”

依莎贝拉也知道，彼德和父亲都是橄榄球迷，是西部著名橄榄球队丹佛野马队的忠实粉丝。再说，彼德平时一提到上学的事，总是千万个不乐意。此刻他正玩得尽兴，叫他停止打球去上学，得到否定的回答是意料之中的事。但是，今天毕竟是入学的第一天，是彼德第一次走进校园接受教育，而且，学校还要求每位新生都要由家长陪同参加隆重的入学典礼。一向迁就儿子的她今天不能就此妥协。

依莎贝拉明知故问地问道：“为什么不去？”

彼德有模有样地扑向橄榄球，开心地在草地上翻滚。听到依莎贝拉的责问，他平躺在草坪上，面对蓝天，举起拳头，像是回答，更像是一种挑战或是宣言：

“这个世界上所有该死的学校都应该消亡！”

这句话，依莎贝拉已经听彼德说过无数遍了。这孩子平时什么都好，只要一提起上学，他几乎半点都不能容忍，说急了，就像被诅咒似的，恨恨地喊出这句话来。

正当依莎贝拉感到进退两难的时候，伊娃跑到彼德面前，一把摘下他的头盔，半嗔半娇地拉着他的手说道：

“彼德哥哥，我们一起去吧！我也怕去学校，怕学校的老师，怕老师提问……你懂得那么多，肯定不怕提问哦。彼德哥哥，你不去，我也不去了。”

伊娃也是第一天入学，因为父母正从另外一个城市赶往学校，爷爷就委托依莎贝拉带着伊娃。

这是多年来伊娃对付彼德最具杀伤力的一招——殷勤奉承。果然，彼德一个鲤鱼打挺从草坪上跃起，喊了一声：“等我换好衣服就来！”

彼德是个乖孩子，对父母，既有西方式的独立，也有东方式的孝敬。特别是对母亲，当父亲因为工作不在家时，他就会主动地担当起家庭的主角，稍微重一点累一点的家务，比如给花园的草坪剪草，清理游泳池，他都会像小男子汉似的像模像样地去干。唯独母亲和他提起上学的事，他就打心底涌起一股抵触情绪。今天要不是他最好的玩伴伊娃切中要害的“奉承”，没准他真的会逃学。

事实上，彼德不愿意去学校，他自然有自己的“底气”。学校里所有教师的专业知识对于他而言，只是最初级的入门知识，更别说小学教师了。

彼德今年7岁，出生在美国西海岸旧金山郊区的一个普通家庭中。这是一个有着华裔和欧美多种血统的混血家庭。

他的曾祖父赵笃甫是著名中医，祖父赵步蟾是核能物理专家，两位祖辈都是中国人。他的祖母荷茜是奥地利著名作曲家。父亲赵亚文已经是混血了，他是天体物理学家。母亲则是地道的美国白人，是著名的歌剧表演艺术家。

彼德出生不久，就显示出与众不同的超凡能力。不到一周岁，他就已经能口齿伶俐地与大人交谈了。

他会用上海方言和祖父谈起上海黄浦江外滩的情景，南京路的热闹，城隍庙的小吃。事实上，在此之前，他从来没有到过上海。

他用流利的奥地利语和奶奶畅谈创作交响曲时的对位和弦应用。

他还能经常与祖父和曾祖父一道聊起博大精深的中医要论，流畅地背诵古代医学著作《汤头歌诀》。

彼德甚至声称，他知道一部失传已久的《黄帝内经》的姊妹篇《黄帝外经》的全部来龙去脉。

……

放学后，彼德和全家人已经吃完晚饭，围坐在客厅里一边聊天，一边等候父亲。听到车库自动门开启的声音，莉莉拍了拍依莎贝拉，贴心地说：“妈咪，爸爸回来了！”

说完，她迎上前去，亲昵地接过赵亚文手中的公文包，撒娇地嗔怪：“爹的，几天不回来了，说好到学校参加我们的开学典礼呢？”

赵亚文拖着疲惫的身体，强打精神微笑着，轻挽女儿，在她额头上亲吻了一下，真诚地道歉说道：“宝贝，爹的又欠你一次！”

父女俩诡秘地用小指拉钩，会心地一笑。

依莎贝拉见赵亚文归来，起身为他准备晚饭。

饭桌上，赵亚文若有所失地吃着。依莎贝拉疼爱地问道：“上海本邦菜油焖笋，怎么样？这是我刚刚从电视上学来的。”

没等赵亚文回过神来，莉莉乖巧地用上海话给妈妈点赞：“勿要太好吃哦！我也会得做了……”

沉思中的赵亚文抬起头，欣慰地看了看家中的两位女人，幸福而知足地点了点头，咂咂嘴，似乎才真正品尝到菜品的味道。

在一旁静静看着父亲吃饭的彼德开口了。为了不破坏气氛，他也用地道的上海方言说：“爹的，啥事体啊，忙得来几天无没回来?"

赵亚文为有儿子这样的"小暖男"感到欣慰，慈爱地用英语顺口回答道："没事!"

彼德起身走到父亲身边，像大人一样抚摸着父亲的头，说："爹的，生活的烦恼嘛，跟妈妈说说；工作的事情嘛，向儿子谈谈。"

妈妈见状，也嗔怪地打断彼德："儿子，让爹的把饭吃完再说吧。"

彼德轻轻地在父亲头上拍了拍，学着父亲平时的口吻："好好吃，吃完到我书房来。"说完，他转身向自己的书房跑去。

彼德的书房，实际上也是他的卧室兼工作室。这是一间足够大的房间，是他特立独行的个人领地。墙上贴满了他最喜欢的迪斯尼的卡通电影海报，有《爱丽丝梦游仙境》，还有《白雪公主和七个小矮人》《美女与野兽》。书房最显眼的地方贴着《狮子王》，墙上唯一的空隙是一块小白板，上面涂鸦般地写满连父亲也看不明白的计算公式。

书桌的一侧，放着一架可以用来作曲的雅马哈电子钢琴，上面凌乱地摊着一叠五线谱乐谱。最上面的是一张空白的五线谱纸，高音谱表上已经点缀了几个音符，好像刚谱写的一个乐句。

书房的地板上，堆满了乐高积木，有搭成的不同型号的飞船、越野车、海上钻井平台，也有搭了一半的航母“中途岛号”……航母旁边特别不和谐地放着一堆中国式的智力玩具——鲁班锁、华容道、九连环等玩具。

当然，满地还散落着挂钟、闹钟等机械钟表的各种零件；工作台上有几台组装了一半的电脑主板；甚至，在一张木工的工作台下面，洒满了木材刨花。

很难想象，彼德在自己书房里玩耍的时候，大脑如何在东方与西方的三维空间中转换，又如何在艺术创作和电子装配、机械装配中转换。

回到书房，彼德将自己重重地摔在席梦思床上，就像白天躺在草坪上那样，双手高举，对着天花板，再次发出挑战般的呐喊：“所有学校都应该消亡！”

说完，他小心翼翼地从床头捧起一个憨态可掬、女孩造型的无锡泥娃娃“大阿福”。这是一年前，他珍藏的一件礼物。

那天，他跟着妈妈、姐姐和伊娃在中国城逛街。中国城的中心公园里，有几位中国民间艺人在展示传统的民间技艺。一对年轻的情侣坐在一位满头银发的老奶奶面前。只见老奶奶抽出一张黑色卡纸，手执剪刀，仔细端详了一会儿少女，俄顷，剪刀飞快地在黑色卡纸上跃动。不一会儿，老奶奶又抽出一张白色卡纸，衬在剪影下面，一张栩栩如生的少女侧面剪影跃然纸上。更令人叫绝是，老奶奶手中已经镂空的黑色卡纸，被一张白色卡纸衬托后，也是一张黑底的反转剪影，同样栩栩如生，细细的睫毛都清晰可见，堪称一剪成就黑白双娇。

正看得出神，伊娃拉着彼德来到一位泥塑艺人身旁。那位身着中式唐装的民间艺人，正凝神地为一位姑娘做泥塑头像。只见一团没有生命的泥巴，在他的手中捏、揉、搓、挑后，立即成为一件活灵活现的少女头像。伊娃被这种神奇的技艺折服了，也嘟着小嘴想请老艺人捏个自己。莉莉也被眼前这位中国民间艺人的高超技艺震惊了，也极力附和着想请老艺人做一个自己。彼德看着老艺人身旁长长一队等候的人，向她们努努嘴，指了指队尾，示意她们需要排队。

依莎贝拉抬手看了看手表，有些无奈地摇了摇头，劝说道："恐怕来不及了吧？"

他们今天的行程安排得特别紧，再加上中国城周边根本找不到停车位，赵亚文只能驾驶着汽车慢慢地围着中国城转悠，并和他们约好时间和地点，准时来接他们。

伊娃、莉莉悻悻地随着彼德和依莎贝拉离开了中心公园，来到公园旁边的一条商业街。

突然，伊娃在一家商店的橱窗中看中了一对中国无锡的特产泥娃娃，那是一对童男童女大阿福。当时，彼德望着橱窗中的那对大阿福惊呆了。那个女娃娃简直就是专门照着伊娃捏制的。伊娃也不可思议地觉得，那就是自己的塑像，只是金发变成了乌发。可惜的是没有莉莉版的泥塑阿福。

依莎贝拉带着补偿的歉意，为两个人买下了这对泥阿福。彼德留下一个“伊娃”，那个男童阿福则成了伊娃的最爱。

一次，伊娃的父母把她接到纽约生活一段时间。彼德失去这位玩伴一天两天还没什么感觉，但是，没过几天，竟然特别思念她——找不到那种被崇拜者奉承的感觉。再说，和伊娃一起玩真的很开心。最开心的时刻，就是彼德在自家球场上打出一个好球时，她就会兴奋得又跳又笑又鼓掌，虽然她根本不懂橄榄球——这让彼德能充分享受到橄榄球明星的感觉。当然，他们之间还有更奇怪的默契：她只要玩累了，就会拉着彼德说“彼德哥哥，给我背诵TANG”。她口中所说的TANG，只有他们两个心知肚明，是指彼德无意中背诵的《汤头歌诀》。当然，她根本听不明白彼德用中文文言文背诵的《汤头歌诀》是什么意思，只能将其简要地用一个音节TANG代替。神奇的是，只要彼德轻声背诵起《汤头歌诀》，不一会，她竟然会安然入梦，美美地睡上一觉。

就在伊娃离开的那段时间里，一个偶然的机会，彼德在自己的书房里，手捧阿福，心中思念着伊娃，口中默念道："阿福阿福，听我背诵《汤头歌诀》。"此时他虽然看不到依偎着自己酣然入梦的伊娃，却发现眼前竟然呈现出一团团彩色的气雾。紫色的、黄色的、绿色的、蓝色的、红色的、白色的，甚至，有时还会出现金色的。

突然，一个甜美的女中音在耳畔响起，她用纯正的中文普通话说道：您已经进入无为记忆空间……请根据不同色彩选择你需要的专业。绿色气雾蕴藏的是中国中医学专业，蓝色气雾是……他按照这个女中音的提示顺手摘取一团蓝色雾气。立刻，一曲曲经典的交响乐在耳畔回荡，一个个鲜活的音符和乐句在他脑际呈现；他又按照女中音的提示换了一团绿色的雾气，顷刻，他从未谋面的曾祖父最擅长诊治的疑难杂症的医案、秘方，竟然都清晰地一一浮现在眼前。

这一次意外出现的神奇情景让他发现，只要自己在一个私密的空间里，手捧大阿福，口诵《汤头歌诀》，就能催生出各种色彩的气雾，自己可以按照甜美女中音的提示，根据自己的喜好，选择其中一种彩色雾团，某种专业方面的知识就像清泉一般汩汩地流入自己的脑海。尽管他与生俱来就拥有自己也不清楚哪些方面专业知识。只是，在这种情况下，那些专业知识，变得更加清晰、更加有条理。现在，他已经可以驾轻就熟地手捧阿福，默念《汤头歌诀》，催生出不同色彩的雾气，并任意进入自己需要的色彩雾气中。

今天，彼德将自己关进书房后，回忆起今天数学课上的情景。他觉得，自己应该补充一些数学方面的知识。于是，他手捧阿福，开始默念道："阿福阿福，听我背诵《汤头歌诀》。"当各种彩色雾气一团团涌来时，一个甜美的女中音告诉他，只要从中找出黄色的雾团，他就可以自由地进入数学专业的圣殿了。

第二章　跳出地球

正当彼德聚神凝气想要继续催生彩色雾气时，一阵轻轻的敲门声打断了他。他在枕边藏好阿福，一个鲤鱼打挺从床上一跃而起，一本正经地坐在书桌前的椅子上，对着门说："请进！"

门开了，赵亚文站在门口。

这几天，赵亚文的团队正在集中力量攻克一个全新的科研课题，为了其中几个关键性的实验数据已经连续熬了几个通宵。他作为团队和项目的负责人，深知关键阶段成败的重要意义。如果失败，不仅意味着此前的所有努力都将付之东流，数十亿美元的投入将化作乌有。更让他焦虑的是，作为著名天体物理学家，如果不能按时完成这个科研项目，即将出现的千年难遇的天象奇观的观测、数据采集都将错失良机。

见父亲如约来到自己的书房，彼德转身面向父亲。他发现，难得造访自己书房的父亲，面对凌乱不堪的场景，正举步踌躇，他不得不善意提示：“当心脚下哦，我的航母。”

赵亚文小心翼翼地跨过航母，第一句话就问起开学的事。

彼德正想继续发泄对上学的不满，那句“这个世界上所有该死的学校都应该消亡”刚到嘴边，想到是自己约父亲来书房的，急中生智吐出一句话：“爹的，你先说你的烦心事，我再说我的烦心事，怎样？”

赵亚文轻轻地叹了口气，对彼德说：“谢谢儿子的关心，爸爸工作上的事你不懂，还是说说你上学的事吧。我听说你第一天上学就对老师表现得不太友好，是吗？”

“肯定是莉莉姐……就是这个叛徒告的密！”彼德心里一边暗暗思忖，一边想着如何应答父亲。一时没有想好如何回答，脑子里突然闪现出一个以守为攻的办法：“爹的，你还是说说你的烦心事吧。”

赵亚文见彼德关心自己，想想自从接手X9超级天文现象探测计划以来，自己一直被无数问题困扰着，不妨也向儿子说说。他并不期待儿子能解答这些长期困扰自己的问题，倒是希望儿子能理解自己这段时间不能好好和家人在一起的原因。于是，他就用最通俗的方式，用最简洁的语言把自己最近一段时间在实验中遇到的困扰向儿子做了概要的介绍。

赵亚文没有必要具体描述，而事实上，他这段时间内，也憋屈、苦闷得想找个人倾诉、发泄一下，只不过没有合适的对象罢了。当他一口气说完自己的烦恼后，顿时觉得心里舒畅了许多。

彼德听完父亲的讲述，也是一头雾水。虽然这时候他不便手捧阿福，进入彩色空间，恶补天文物理知识，但是，他总隐隐感觉到这个关键的实验一次次失败是哪里出了问题。他大胆地向父亲提问，为什么非要花这么大的精力、财力去设计制造那么精密的仪器来观察、记录天象奇观呢？

赵亚文笑了笑，拍了拍彼德的头，开心地笑着回答：“傻儿子，因为地球上几千年才遇到一次的天文奇观，才值得花大力气、花巨资去设计制造这台天文观察仪啊！”

彼德反问道：“难道不能换个角度观察吗？难道不

能不在地球上观察吗?”

这句话让赵亚文哑口无言。

彼德见父亲认真地考虑自己提出的问题，顺势拿起白板笔和板擦，擦掉白板上的涂鸦，然后写下几串计算公式。

赵亚文看着彼德流畅地写出只有自己这个内行才能明白、对于平常人而言是艰涩难懂的天体物理方面的公式，他彻底愣住了。

还没等到赵亚文回过神来，彼德已经在白板下方画了一幅示意图，并写出推演公式和支持这种结论的理由：这个在地球上千年一遇的天象奇观，在外太空大气层上靠近某一恒星处，则可以每年见到一次。当然，如果换个角度，在外太空观察这种现象，根本不需要这么复杂的天体观察仪器。如果将普通的观察仪器设在大气层之上，其影像不会受到大气湍流的扰动，视相度绝佳，又没有大气散射造成的背景光，还能观测会被臭氧层吸收的紫外线。

彼德得出的最终结论是，建议他们与美国太空总署合作，在空间站设立观察点，选派符合宇航条件的天体科学人员进入空间站。同时，只需对目前普通的天象观察仪稍加改进，即可满足这个项目的数据采集和研究。

赵亚文情不自禁地拥抱住彼德，一双大手在彼德略带褐色的头发上摩挲着。

他突然想起，上世纪九十年代，从肯尼迪航天中心由“发现者”号航天飞机成功发射的哈勃空间望远镜，不也是基于这个原理嘛！

没想到困扰赵亚文和整个团队的问题，竟然被彼德三言两语推翻了原来的研究思路而脑洞大开。如果说，此前彼德表现出来的那些超乎常人的知识和能力，他们只是觉得好奇的话，今天晚上彼德的一番见地，让赵亚文刮目相看了。惊讶之余，他立即想起今天造访儿子书房的一个重要目的——问清儿子第一天上学的另类表现。想到这儿，他真诚地拉着彼德的手说：“儿子，谢谢你帮助我解开了几个月来一直困扰我的难题，老爸为你骄傲！”

彼德兴奋起举起双手，像在赛场上取得胜利与队友相互庆贺、相互激励一样，与父亲双手击掌，并脱口而出：“我说‘所有学校都应该消亡’，没错吧？”

话刚出口，彼德自知失言。接下来，他该回答自己第一天在学校的那些表现了。

不出所料，赵亚文接着彼德的话茬儿，问道：“我的烦恼解决了，说说你的烦恼吧。”

开学第一天的情景又在彼德脑海里清晰地浮现。

那天，他难违母亲之命，加上姐姐的敦促，伊娃的奉承，不情愿地到学校参加新生入学典礼。

新学年的开学典礼在学校的操场上举行。

这所学校的校长是一位慈祥而古板的老太太，名叫米娅，她在这所学校工作了整整四十年，明年就要退休了，今年的开学典礼是她主持的最后一届。她像往年一样，在欢迎新生的致辞中，向所有新生和新生家长自豪地介绍道：

“亲爱的同学们，欢迎你们来到这所百年学校，祝贺你们！因为，当你们今天踏入这所学校后，就意味着从小学到中学，再到世界著名的斯坦福大学，再到世界著名的硅谷五百强企业，摆在你们面前的将是一条笔直的坦途！”

她的致辞赢得一阵热烈的掌声。

彼德却不屑一顾地撇了撇嘴，握紧拳头向身旁的伊娃做了个抗议的手势，口中喃喃地说着什么。伊娃也附和着向他比划着。她知道，彼德又想呼吁“所有学校都应该消亡”。

简短的开学仪式后，新生立即被安排到教室。

彼德和几个小伙伴刚好分在一个班。家长的任务结束了，孩子分别与自己的家长告别后，走进一年级四班的教室。

彼德被安排在后数第三排，旁边的座位还空着，看《新生入学须知》中的座位表应该是伊娃；卢卡斯和卡莱作为同桌坐在第一排，贾斯汀和另外一位女生坐在中间一列的最后一排。

辅导老师是年近四十岁、身材发福的女老师埃玛。按照中国的说法，她就是一年级四班的班主任。她扫视了一下课堂，发现大部分同学都已经就座了，于是用教鞭轻轻地敲了敲黑板：

“同学们，大家早上好，我是你们的埃玛老师。请尽快找到自己的座位，上课铃响后我们将开始一场考试。”

这所学校的第一节课竟然是考试！

不过，这场考试并不像中国式的考试那样，尽是刁钻古怪的难题，而是一些图文并茂的识别题和选择题，主要是对新生的基础阅读能力、认知能力、表述能力以及兴趣爱好做一次摸底评估，以便今后更好地因材施教。虽然说这张考卷并不难，但是却设计了阶梯式的难度。也就是说，这张考卷的难度从低级到高级，甚至有一些题恐怕连成人都不一定能准确回答。这样设计是为了最大限度地考察评估新生学前的基础文化程度。

眼看考试就要开始了，伊娃却还没有来。

开学典礼结束后，伊娃带着强烈的好奇心在学校里转悠了一圈。上课铃响了，拖着她“阿福”式的体形赶到教室稍微迟了些。她轻轻推开教室的门，发现老师和同学早已各就各位等待上课了，她羞涩地吐了吐舌头，站在门口有点不知所措。当她看到彼德向她招手时，她一溜烟地向彼德身边座位跑去。

伊娃看了看手中的《新生入学须知》，发现自己和彼德正好是同桌。他们座位靠窗户，而她的座位在里面。她紧贴着两张课桌的边沿，试图从彼德背后挤过去。彼德目测一下她的身材和自己背后的空间，决定站起来让她通过。她的身材看上去简直就是埃玛老师的微缩版。她这个年纪，长成这样，显然是体重超标了。

伊娃因肥胖卸下双肩书包也有些困难，彼德贴心地帮她拉了一把书包带。这也是哥哥应该帮助妹妹的行为吧。

上课铃响了，考试开始了。这场考试的预定时间是45分钟。

彼德见伊娃坐定，顺手拿起桌上的考卷，从书包里拿出铅笔，刷刷刷，没用几分钟就完成的全部考题。在最后一题“你最希望做什么”的考题下，他写下的答案是：“所有学校都应该消亡！”

彼德站起身，拿着考卷径直走到埃玛老师面前，恭敬地递过去。他走到教室门口时，迅速转身对着正在答题的同学做了个鬼脸，欢快地跑到操场上。

埃玛老师见彼德竟然这么快就完成了考试题，有些惊讶。她瞄了一眼彼德的试卷，发现彼德的答题正确率几乎是百分之百。她转身赞许地望着彼德离去的身影。不过，当她看到最后一题的答案时，紧锁眉头，换了个惊异的眼神再次向教室外望去，彼德已经不见踪影。

第三章　人小鬼大

同学们陆陆续续地完成考试走出教室。彼德、伊娃、卡莱、贾斯汀和其他同学围成一圈，讨论着考试内容。他们对彼德这么快就交卷表示惊讶和羡慕。

卢卡斯最后一个走出教室，沮丧地摇着头。显然，他对自己的答卷不是十分满意。

比他稍早一些交卷的是伊娃，也是一脸的茫然。因为，她根本不知道自己最后是如何连懵带猜地做完了所有的选择题。

最后一题的答案她竟然写了“不上学，看彼德哥哥打球！”

看到几位小伙伴都被“烤”蔫了，彼德友好地叫过卢卡斯，笑着问道：“怎么啦，大个子，不会考傻了吧？”

“唉，别提了，我拿起笔，头就发困。”

“哈哈，下次打球前，先送你一支笔。”

“哈哈，哈哈——”彼德的小伙伴开心地大笑起来，伊娃也散去脸上的愁云，格外开心地笑起来。这个看起来没心没肺伊娃，还记着早晨卢卡斯赢球的不痛快呢，谁让他今天早上打赢了彼德哥哥呢！

“当——当——”上课铃声又响了。

平常，上午应该有四节课。但是，开学典礼占用了两节课的时间。一节课考试，上午只剩下一节课了。

接下来是数学课。授课老师是班主任老师埃玛。

同学们走进教室就发现，今天的课有点特别，教室后面增加了一排椅子，椅子上坐着校长和一些陌生人。埃玛老师介绍说，那些人是不同年级的数学老师，还有一位是当地的教育局长。这是一堂新生入学的数学实验公开课。

今天的数学课主要讲100以内的加减法。这对于心智早熟的孩子而言太简单了。这堂课，从老师的讲解到提问，到师生之间的互动几乎无可挑剔。但是，就在快下课的时候，埃玛老师似乎想借助数学课拓展学生的开放思维，激发学生想象力，便以脑筋急转弯的方式提出了 1+1 等于多少的问题。

学生们七嘴八舌地讨论开了。也许，这正是埃玛老师期待的场面，几位听课老师、校长和教育局局长，看到这种场面，也赞许地观察着学生们的表现。

埃玛老师有意给出一点时间让学生们各抒己见，看看学生们讨论得差不多了，便用可伸缩的教鞭轻轻地敲了敲黑板，课堂顿时安静下来。

埃玛老师环视教室一周，问道："哪位同学告诉我，1+1 等于多少?"

对于这个看似简单的问题，同学们知道，其实答案并不一定简单。毕竟是第一天上学，除了那么多同学是陌生的，后排那些老师更是陌生的……有几位胆大的同学没有举手，也没有站起来，坐在座位上直接回答：

"等于 2。"

"等于 3。"

"等于 1。"

……

听到同学们莫衷一是的回答，埃玛老师慢慢走到彼德面前。伊娃见老师走到自己面前，涨红了脸，头埋得更深。埃玛老师没有放过她，轻轻地拍了拍她的肩头，问："这位同学，我没有记错的话，你叫伊娃吧！"

全班同学和后面那些听课老师都露出欣慰的微笑。其实，作为一个经验老到的老师，尤其是辅导老师，最大的职业技能就是在最短的时间内，叫出每个新生的名字。也许，伊娃的身材堪称埃玛老师微缩版的缘故吧，让埃玛老师能一下子记住她的名字。

"伊娃，请你回答，1+1 等于多少？"

埃玛老师此刻只想借助这节数学课，对新生的散发性思维进行一次摸底。当然，这也是美国早期教育的一大特色，激发孩子的大胆想象，唤醒孩子的无限潜能。伊娃礼貌地站起来，用无助的眼神望着埃玛老师。她知道自己最不擅长的就是这类"烧脑"的游戏。她曾经和小伙伴们在一起玩过类似的游戏，她总是以失败告终。此刻，她知道正确答案也许有很多，但是，绝不只是等于 2 那么简单。

彼德看到伊娃如此窘迫，再加上自己带着一百个不乐意来上学的那股情绪，还有伊娃奉承自己"不怕老师提问"的那些话，使他自告奋勇地站起来，说："老师，我来回答吧。"

埃玛老师微笑地点点头，同时示意伊娃坐下。

彼德没有直接回答埃玛老师提出的 1+1 等于多少的问题，而是滔滔不绝地从费马猜想、四色猜想和哥德巴赫猜想世界三大数学难题反问埃玛老师：

“1 +1 等于 2，这是幼儿园孩子都会做的题目，请您就别再为难我们这些大孩子了。如果您问的问题是，1742 年哥德巴赫写信向赫赫有名的大数学家欧拉求助的那个 1 +1 等于几的问题，那也只能是个猜想，就连哥德巴赫也无法证明它。据我所知，到目前为止，还没有人能把它说清楚。20 世纪最伟大的数学家希尔伯特，在国际数学会议上把‘哥德巴赫猜想’列为三大数学难题之一。在此后数百年间，数学家们在世界范围内联手进攻‘哥德巴赫猜想’堡垒，也没有取得最终结果。

“倒是上个世纪，中国著名数学家陈景润，呕心沥血取得了阶段性的成果，但是，这个结果‘1 +1 得于几’离最终结果还差一步之遥。人类为了实现这最后一步，也许还要历经一个漫长的探索过程。许多数学家都认为，要想说清楚‘1 +1 得于几’，必须通过创造新的数学，拓展新的思维方法，以往的思路很可能都是走不通的！当然，更不可能在学校的课堂上让我们这些小学一年级的孩子去实现！”

彼德的这通说辞，其实很大程度上是在发泄今天被逼上学的不满，但是，这一番慷慨陈词却令埃玛老师汗颜，校长羞愧，教育局长惊讶……

说到兴奋之处，彼德意犹未尽，高声喊出憋在心中的那句话："所有该死学校都应该消亡！"

他在学校的前面，狠狠地加上"该死"这个词。仿佛只有这个词才能让他心中的那份不悦彻底发泄。

彼德的吐嘈，正中班上大多数学生下怀。大概是伊娃带头，课堂上爆发出阵阵掌声和口哨声……

"所有学校都应该消亡！"

"所有学校都应该消亡！"

卢卡斯带领同学们笑着，不断重复着彼德喊出的口号。

"疯了！这个班级的学生疯了！"校长米娅摘下花镜，站起身，挥舞着双手，示意同学们停止呼喊。不料学生们凌乱的呼声却随着她挥舞双手的节奏变成了有节奏的呼喊：

"所有学校——都应该消亡！"

"所有学校——都应该消亡！"

这个场面看起来像是校长米娅在指挥学生们喊口号。米娅校长从教一辈子，眼看马上告别讲台，没想到自己的最后一年执教，竟然遇到这种"荒唐的学生"，提出如此"荒唐的口号"。

"所有学校都应该消亡！"

……

彼德忘记自己在向父亲陈述第一天在学校发生的情

况，沉浸在无尽的满足感中，情不自禁地在父亲面前高声喊出来。

彼德将自己重重地往床上一摔，得意忘形地向父亲炫耀地描述着当时的情景：

“我当着那么多同学和老师的面，振臂高呼，‘所有学校都应该消亡’，班上同学都为我喝彩，一起高呼‘所有学校都应该消亡’。”

赵亚文听完彼德的讲述，心里喜忧参半：喜的是，儿子岂止是帮助自己解决了科研课题，谈到数百年来数学领域艰深的难题，他竟然说得轻松自如；当年，儿子用上海方言和祖父说起只有曾祖父才擅长的传统中医“阴阳五行学说”时，他还以为这仅仅是小孩子从祖父那儿拾来的一点“牙慧”，究竟这小子脑袋瓜里还有哪些连自己都不清楚的知识储备，看来真得要刮目相看；担忧的是，他小小的年纪，竟然口出狂言，说什么“这个世界上该死的学校都应该消亡！”

赵亚文深知，不论在什么时代，在什么国家，学校都是人类传承文明的场所，没有学校的系统教育，浩瀚如海的人类文明又如何代代相传呢？这小子不知道搭错了哪根筋，真的变成了一个先知先觉，但是，你却不知道，还有那么多孩子大脑中没有任何系统的知识，甚至算是一片空白，都必须进入学校学习、学习、再学习！

你能保证所有人都能和你一样，不经过学习就能做到先知先觉？再说了，到目前为止，我还没有看到你究竟掌握了多少知识。

想到这里，赵亚文引用彼德最崇拜的曾祖父经常教诲的一句话对他说：

"'满招损，谦受益，时乃天道'。是曾祖父经常的教诲哦！你也明白其中的道理，自己自满于已取得的成绩，将会招来损失和灾害；谦虚而时时弥补自己的不足，就能因此而得益！

"你在课堂上的表现我早听说了，后来，妈妈还为你的表现专门去学校向埃玛老师致歉。这种做法不好，特别作为学生，对老师，对长辈应该尊重，对于向孩子传授知识，学习知识的学校，应该心存敬畏。好了，今天已经不早了，儿子，早点休息吧，明天爸爸送你上学。"

第四章　拯救同学

第二天一早，赵亚文特意抽出时间，亲自送莉莉、彼德和伊娃上学。不知道是出于感谢昨天晚上彼德帮助自己解决了科研难题，还是因为昨天彼德在学校冒犯了老师、甚至校长，他需要以家长的身份去致歉。

一路上，彼德竟然和赵亚文找不到什么适合的话题。显然，父子俩在对待上学的问题上产生了隔阂。最后还是莉莉打破了僵局：“爹的，你今天怎么不走高速路啊？”

赵亚文也发现，很久没有送孩子上学了，自己下意识地将车按照上班的路线在行驶。要想上高速，只能等到十几公里外的下一个入口了。辅路上的交通状况不知道是什么样，他习惯地打开车载收音机，调到当地的交通广播台，想听一听实时路况。

幸好，还没有进入早高峰，预计在下一个入口进入高速公路不会耽误孩子上学。

路况播报结束后，电台里插播的一条新闻却让他听起来唏嘘不已。

这里是 FM1000 交通台，现在是交通新闻快览时间。据我台记者米玛报道，昨天，由旧金山市区通往圣何塞的 KZ－11 次列车，在太平洋中央铁路 78 公里处，不幸撞死一名卧轨自杀的少年。

据该市所属的圣塔克拉拉郡的治安官称，死者是加州帕拉阿图市的一名 16 岁学生，名叫卡梅伦·李，就读于当地冈恩高中。

校方也承认，该生因为不堪学习压力而选择了自杀。据警方证实，这已经是这所学校的第 29 名卧轨自杀者。前不久，该校一位 19 岁的高中毕业生奎恩也因学习压力过大，选择了同样的方式结束自己的生命……

“哦，都是我们学校高中部的啊!”伊娃脱口而出，感慨道。

彼德顿时找到了与赵亚文沟通的话题：“爹的，我说‘所有的学校都该消亡’，是对的吧？这还说轻了，应该说，‘学校，就是谋杀生命的地方!’”

赵亚文听到广播中的新闻，再听到儿子的抨击，一时竟然觉得无以言对。再想想，这条新闻播报来得真的不是时候，送孩子上学的路上，说什么学生因为学习压力大而自杀，自杀的方式还几乎全是卧轨。

顿时，一股浓浓的隐患意识笼罩着赵亚文。此刻，他觉得儿子的话真的不无道理。但是，这么小的孩子，任由他沿着这种想法发展下去，也潜藏着一种不堪设想的后果啊。

他不能再沉默了：“儿子，这种卧轨自杀的可怜孩子毕竟是少数吧！再说了，不知道什么原因你这小子脑子里天生有那么多的知识，那些普通的孩子呢？他们不到学校接受教育，很可能成为不学无术的小二流子，那怎么行啊?”

赵亚文的一番话非但没有打消彼德想要“所有学校消亡”的念头，反而提示了他。

彼德心中琢磨：是啊，自己也不知道为什么生来就懂得那么多的知识，哪怕暂时不懂的，只要手捧阿福，口诵《汤头歌诀》，进入无为记忆空间，马上就可以获取自己需要的知识与能力。这种知识与能力能不能和小伙伴们分享呢？

“对啊，谢谢爹的提醒，我应该把我的特殊能力和同学们分享。那样，学校就真的没有存在的必要了。那些因为学习压力大的学哥学姐也就不会重蹈覆辙，再次上演自杀的悲剧了。”

赵亚文听到儿子这番话，差一点气得背过气去。他本意是劝导儿子放弃那种古怪的想法，没想到却勾起他更加古怪的想法来。还要和同学们分享？简直太不可思议了！

“爹的，您又错过高速入口啦！”

莉莉眼看着赵亚文在下一个高速入口处丝毫没有减速，更没有进入的意思。她在后座伸手轻轻拍打赵亚文的肩头提醒道。

赵亚文侧脸一看，果然最后一个高速的入口也错过了，今天只能全部在辅路行驶了，那可能要等待若干个交通信号灯。他刚才被儿子的一番话气得不轻，脑子一乱，又忘记了上高速。

幸好出门早，赵亚文还是提前十来分钟把三个孩子送到学校。刚停下车，他就听到学校里响起了上课的预备铃声。此时再找埃玛老师或者校长表示歉意显然不合适了。

三个孩子下车后，一拥而上亲热地和赵亚文拥抱一下后，挥手向他告别。他目送三个孩子走进学校大门，才坐进驾驶室，发动汽车向自己的实验室驶去。

第一节课是阅读课。今天的语文老师是一位刚刚从大学毕业的年轻小伙子，看起来还像个大孩子。他走进教室，亲切地和同学们打着招呼："嘿，各位，我叫艾斯！"

他的介绍引起学生一阵哄笑。因为，这个名字的英语发音听起来很像"蠢驴"，加上这位老师说话带着浓厚的南方口音，这句自我介绍听起来更像"我叫蠢驴"。

艾斯老师毕竟还没有脱掉孩子气，他很认真地对同学们说："我的名字听起来像是'蠢驴'，是吧？"

教室里又是一阵笑声。同学们被艾斯老师的真诚开朗打动了，发出发自内心认可的笑声。

艾斯老师接着说道："你们别把我当成'蠢驴'。每位同学只有好好学习，将来才不会成为'蠢驴'。今天，我们上阅读课，请同学们打开课本，翻到第二页，第一课《春天，你好》。"

"沙沙沙——"同学们依照老师的要求，纷纷将课本翻到指定的地方。这是一篇故事性、科普性很强的文章，从一只小鸟的视角，讲述春天的诸多特征。特别有意思的是，这个故事留下了一个开放式的结尾，给学生无限想象的空间，需要学生根据自己的认知，补充叙述自己心目中的春天。

不知为什么，艾斯老师再次将目光投向伊娃。

“这位同学，请你站起来给大家朗读一下这篇课文，好吗？”

胖嘟嘟的伊娃涨红了脸，羞怯怯地站起来。别看这丫头平时一张小嘴呱呱地挺能说，真正让她朗读课文，还真的难为她了。更别说，文章里还有那么多生词。

“哈罗，春——天——你——好吗？你在——哪里？”

伊娃磕磕巴巴地读了两句，下面的一个个生词就像拦路虎一样，让她读不下去了。

艾斯老师见伊娃实在读不下去，就和蔼地说道：“请坐下。”

艾斯老师本来也没打算让依娃朗读完，只是试探性地选中她；不料，伊娃没有坐下去，突然“哇”的一声大哭起来。她在家、在彼德家都被宠着，享受着公主似的待遇，处处受到长辈的夸奖，小小的心灵受不得半点委曲。

伊娃的反常行为又一次在彼德心中激起对学校的反抗情绪。本来，他对这篇课文看了一眼便发现，内容对自己而言简直太低级了。完全把自己当成三岁小孩子，根本无意在这方面向同学们炫耀什么。

此刻，他正在琢磨如何和同学们分享自己的特殊能力。伊娃识字不多，在课堂上受到委曲，促使他必须想办法暗中帮助更多的同学。

艾斯老师转而又瞄准了坐在第一排的卢卡斯。这个比同龄人高出一头的男孩子，却像女孩子一样，羞羞地站起来。

“老师，我也只会这一句……”

坦诚而羞怯的实话引来全班同学一阵哄笑。很显然，这个大个子已经在下面对自己的阅读能力悄悄地进行了自我测试。

就这样，一篇课文让十多个孩子勉勉强强、磕磕巴巴地接力般地读完了，连课文最后开放式的结尾都没有来得及进行，下课铃声就响了。

这堂课在相互的哄笑和自我羞愧的过程中结束了。

下课后，同学们一齐跑出教室，又把彼德当成领袖般围起来。看到同学们羞愧难当的样子，彼德心中涌起一股强烈的使命感，一定要想办法让所有深受教育之苦的同学脱离苦海。

好不容易挨到了放学。今天是妈妈来接他们。彼德回家后，扔下书包一头扎进自己的小天地。

他用双手虔诚地捧起大阿福，口中默默诵读《汤头歌诀》。不一会，一个柔美的女中音再次响起：“你已经进入无为记忆空间，请选择彩色气雾……”

彼德根据柔美女中音的提示，选择了具有记忆功能的红色气雾。

一时间，无数关于记忆功能和储存记忆的智慧与科技知识像巨幅电影一样，缓缓地从彼德眼前滚动呈现。

彼德通过意念与记忆空间进行对话。

“无为记忆空间，请您告诉我，怎么才能把自己的知识储存起来？怎么才能把这些知识传递别人呢？”

“你们人类的记忆信息，本质上是一些电磁波或者无线电波。电磁波和无线电波可以通过一些特种金属材料或者磁性材料，帮助人类将这些知识信息储存起来，人们将这类材料叫做记忆储存材料……比如录影磁带、电脑芯片，等等。”

“那么，这些记录知识信息的材料，又如何能传递给其他人呢？”

“当然需要在接收人与这种金属材料之间产生某种感应啰！人类接收最灵敏感应应该和心脏的律动、脉搏的跳动的部位有关……”

彼德猛然醒悟过来，睁开眼睛，挥去眼前的红色气雾，下床走到书桌的电脑旁，拔下插在电脑上的U盘，发现确实是由一些金属材料制成。他又从书架上抽出几张光碟，上面存储的信息量可大了，可以将整部电影的视频、音频都存储在里面。光碟的表面好像也涂着一层光亮亮的金属材料吧？

彼德受到极大的启发：要是能有一样东西，把自己大脑里现有的那些知识存储在那里，再分送给同学们，会不会让他们也和自己一样迅速获得各种知识呢？

当然，还需要让这些信息通过金属等载体迅速传递给受用者……

正当彼德跃跃欲试的时候，门被敲响了，同时传来伊娃可怜兮兮的声音："彼德哥哥，妈咪让我叫你去吃晚饭！"

要是换作别人，彼德绝对不理不睬，只要自己想干什么的劲头上来，不吃饭，不睡觉，不上学，谁都阻挡不住。倒是伊娃，被妈咪派来，也算是被妈咪掐准了"要害"。特别今天在学校里，伊娃的失声痛哭，似乎还在刺痛着他，他不想让伊娃再被自己的拒绝伤心。于是他放下手中的U盘，拉开门，跟伊娃一同下楼。

今天的晚餐很丰盛，其中有一道妈咪最拿手的烤鸡。那是妈咪早已用各种调料腌渍好的整只鸡，再用锡纸包好，放进烤箱内烤半个小时左右，取出来后，打开锡纸，诱人的香气立刻四溢，让人垂涎欲滴。

刚吃完晚饭，卢克爷爷就按响门铃，他是来接伊娃回家的。卢克爷爷手中端着一盘刚刚摘下的草莓。这是他自己种植的，鲜红的草莓散发着诱人的丝丝甜香。两家人就这样相亲相爱地和睦相处着。

彼德主动请缨洗碗。妈咪和莉莉知道彼德在家会像男主人一样照顾她们，也就不争不抢地任他去做。

其实，今天彼德抢着洗碗还真是别有用心。

他利索地洗好碗以后，从厨房的储物柜中取出一卷东西塞进怀里，再次扎进了自己的小天地。

第二天早晨，彼德早早地起来做好早餐。说是做早餐，严格来讲，也就是给每个人煎好两个鸡蛋。今天他也为伊娃特别准备了一份。其他都是现成的食品：三明治在微波炉里热一下，牛奶按照美国人的饮食习惯从冰箱里拿出来不需要加热，再切上一盘橙子，一顿营养均衡丰盛的早餐就算准备好了。

今天，彼德特别卖力地催促妈咪早点出发去学校，趁妈咪和姐姐洗漱的当口，他跑到卢克爷爷家，把伊娃叫起来："伊娃，今天咱们提前到学校。你打扮一下，来我家吃早餐。"

他们收拾妥当出发时，比平时至少早了二十分钟。

车子启动后，依莎贝拉好奇地问道：“彼德，今天你怎么这么想去学校啊？”

“哦，妈咪，今天我要赶在第一节上课前和同学们做个实验。”说到这，彼德自知说秃噜了嘴，可惜想改口已经来不及了。

“哦——做个实验？该不会又唆使同学们不上学吧？”

真是知子莫如母，依莎贝拉一语中的。虽然她没有准确地猜出彼德想要干什么，至少已经把彼德的心思看透了。

彼德一向诚实，根本不习惯在妈咪面前撒谎。听到妈咪像透视一样看出自己的心思，他半推半就地解释道：“只是想试试灵不灵。”

“灵不灵？你又瞎捣鼓什么乱七八糟的东西啦？快说，要不我就停车，二十分钟后再出发！”

看来今天依莎贝拉对彼德的举动和想法有点动怒了。

“妈咪，这里车多，停下来会妨碍交通的。我负责监督彼德哥哥，我保证！”

伊娃毕竟是彼德的死党，关键时刻挺身而出，帮助彼德解了围。其实，依莎贝拉说要停车，也仅仅是一种故意的“威胁”而已，她相信儿子不会做出太出格的事情。

不过，这一次，她真的错误地估计儿子了。

第五章　万能神器

汽车比平时早二十多分钟到达学校门口。说是早，其实还有更早的。有的在篮球场上鏖战正酣，有的在操场上跑步、打羽毛球，还有三三两两散步的，校园里已经是热火朝天了。

三个孩子照例亲热地与依莎贝拉拥吻告别。

刚进校门，莉莉就一把拉住彼德，用一种威严的眼神直视着他：“小鬼头，你想干什么?”

彼德冲莉莉做了一个鬼脸，神神秘秘地从书包里拿出一个小纸盒，从中抽出一美分硬币大小的圆形金属片，拉过伊娃的手，摘下她的手表，撕去金属片背面的一层薄膜，将金属片贴在手表的背后，再给伊娃戴上。

伊娃和莉莉被彼德一系列的诡异行为弄得莫名其妙，都不知道他要干什么。

彼德又从书包里拿出教科书，对伊娃说："现在，你可以使劲儿想你最想知道的问题就行了！"

他说完，把教科书翻到第一课《春天，你好》，学着艾斯老师的口气对伊娃说道："这位同学，你为大家来朗读这篇课文好吗？"

昨天在阅读课上因为自己阅读能力太差受到的羞辱顿时又涌上伊娃的心头，那种尴尬的场景再次让她觉得不爽，脸上泛起阵阵红晕。

"试试吧，伊娃！"彼德紧握伊娃的手，鼓励她。

伊娃紧咬嘴唇，揉了揉还没有溢出眼眶的泪水，按照彼德教她的方法，先使劲想："我想流利地朗读课文……"

然后，她捧起书，看着第一课——奇迹竟然出现了：一个个单词，一行行文字像是老朋友似的那么熟悉，让她心中充满了自信。

她小声朗读起来："哈罗，春天，你好！请你告诉我，你从哪里来，你又到哪里去……”

伊娃先是小声地朗读着，读着读着，心中越来越有底气，读得越来越字正腔圆，流畅准确。莉莉也惊呆了。她知道，伊娃虽然小嘴一张可以哇啦哇啦地不停讲述，但是，她却不擅长阅读。今天，她能字正腔圆地朗读，真是太奇异了。难道和彼德刚才在她的手表背面粘上的小金属片有关？

这几天，老师已经开始讲分子运算了，莉莉还真的有点听不懂。

莉莉好奇地向彼德索要了一片，粘在手机的背面，然后把手机插在上衣的内袋中，按照彼德的提示，专心地祈祷着：“让我把分子运算弄明白吧……”

不一会儿，她打开数学书，翻到分子运算一章，任意挑选了几道自己着实感到头疼的练习题，奇迹再次发生了。她也同样感觉到，这些题目简直就像是自己设计的一样，不仅可以清晰且正确地计算出来，甚至还可以清楚地知道题目设计者的教学意图。

正当莉莉和伊娃为自己能迅速成为“学霸”而喜不自禁时，卢卡斯、卡莱和贾斯汀也一同走进了校门，看到彼德和两个女孩子在一起神神秘秘地说着什么，两个女孩子兴奋得拍着双手又笑又跳，像是发现什么宝贝似的。卢卡斯一挥手，他们立即形成包围之势，把彼德三人团团围住。

卢卡斯右手握成拳头，左手直指伊娃：“快说，有什么好事，赶紧和大家一起分享！”

卢卡斯知道，只要伊娃受到什么威胁，彼德肯定出来替她解围。两个女孩子如此开心，一定是彼德在背后做了什么。

果然，彼德一把拉过伊娃，摁下卢卡斯的拳头，把三个男生领到操场边上，毫不吝啬地从书包里拿出那个装着金属片的小盒子，教他们如此这般地将金属片粘在贴身的地方，然后使劲地想自己需要什么，马上就可以有一种特别的体验。

卢卡斯、贾斯汀还没有想好把金属片粘在手机上还是手表上时，卡莱已经迅速地将金属片粘在校徽背面，并迅速地将校徽别在左胸前。

“哈哈，人小鬼大哦！这个地方好！”贾斯汀看到卡莱的做法，一边调侃一边摘下自己的校徽。卢卡斯也有样学样地照做。

卡莱最头疼的是地理，那些五大洲、四大洋的名称，他总是记不住，更别说那些国家的首都叫什么，属于什么气候……

卡莱别好校徽后，虔诚地用手抚摸着，微微躬身，像是行中东人的大礼。当他直起身子，举目四望时却发现，以前自己最头痛的地理知识，教科书上那些艰涩的常识，变成了一幅幅立体的彩色地图呈现在眼前。更为神奇的是，当他想回答某个国家的首都名称时，那座城市的地标像电影的镜头一样清晰地展现在眼前，甚至有个富有磁性的男中音娓娓道来地陈述着有关这个城市的一切信息……

卡莱信心满满地紧握双拳，双膝跪地，仰望着蓝天，高呼：“上苍啊，感谢你给我知识、给我力量！”

伊娃知道，卡莱一定是在自己最头疼的学科上找到了自信，也找到了“学霸”的感觉。这是彼德哥哥为大家谋来的“福利”，你感谢什么上苍呢？她不由分说，抬腿向卡莱的屁股踹去：“小个子，你忘恩负义，还不好好谢谢彼德哥哥！”

其实，卡莱对彼德一直心存感激。彼德也处处都护着他，尤其在玩橄榄球时，别人嫌弃他，彼德却宁可输球，也要让他做队友。

卡莱刚想给彼德来个“顶礼膜拜”，卢卡斯、贾斯汀在自己的校徽背面贴上金属片后，竟然发现自己在阅读和数学上都变得轻松自如。他们忘情地抱在一起躺在地上打起滚来，没想到把跪在地上的卡莱撞得滚成一团。

卡莱自知不是他们的对手，与其硬挺，还不如就势随他们一起向前疯狂地翻滚。他们滚到彼德、莉莉和伊娃脚下，三人躲避不及，也被撞倒在地。

六个孩子在草地上面朝蓝天开心地笑着。彼德举起拳头，带着大家一起高呼：

“所有的学校都应该消亡！”

“所有的学校都应该消亡！”

此刻他们心中的自信与自豪——拜彼德的“记忆神器”所赐，每个人都为自己的学科短板找到了迅速提升的捷径。

操场上的其他同学好奇地围过来，都想看看他们为什么疯成这样。

这几个同学究竟为什么疯成这样，围观的同学并不知道。他们只听到他们都在高喊：

“所有学校都应该消亡！”

“所有学校都应该消亡！”

难道，他们真的不需要上学了？有几个彼德同班的同学在开学的第一天已经领教过彼德的超能力，让老师甚至校长都羞愧得无地自容。

见同学们围上来，伊娃完全陶醉在明星般礼遇的感觉之中。她想起彼德的小盒子里装得满满的金属片，一定是准备分发给所有同学的，于是她自作主张地高呼：“我们有了‘记忆神器’啦，快点排好队，到彼德那里领取！”

她这一喊不要紧，围观的同学中那些一年级四班的同学毫不怀疑地排起队，其他年级的同学也半信半疑，又担心失去宝贵机会似的也跟着排起队。

不巧的是上课铃声响了。

彼德一个鲤鱼打挺站起来，朝教室挥了挥手，向排队的同学致歉道：

“同学们，咱们先上课去吧。下课后，咱们还来这里，我一定会把这个礼物送给你们！”

一位高年级的学姐看起来像是学生会的干部，她一边催促同学回教室上课，一边严肃地警告彼德：“不许耍赖，不许骗人！”

说完，她领着同学分头向自己的教室跑去。

第一节课，对于没有领到“记忆神器”的同学来说过得特别的慢，但是，几位拥有“记忆神器”的同学，个个信心满满。

第一节是数学课，是贾斯汀最头疼的学科。

埃玛老师走进教室后，目光在彼德身上停留了很久，像是警告，也像是“火力侦察”。她不确定这个有特殊记忆功能的孩子会在自己的课堂上再次玩出什么花样来。

所有同学都被埃玛老师这种“沉默方式”的开场白震慑住了，大气都不敢喘。她不仅是数学老师，还是年级组的辅导老师。换句话说，她掌控着每个学生的奖惩荣辱。

今天的课程讲授100以内的加减乘除四则混合运算。埃玛老师在黑板上写下了一条看似很简单的数学题：$3 + 2 \times 3 = ?$

写完后，她再次将目光投向彼德，却让伊娃到黑板上算出这道题的结果。

伊娃一改羞怯的神态，落落大方、充满自信地走上讲台，在这道题的等号后面写下了“9”。

埃玛老师点了点头，并没有说对还是不对。

“好的，请伊娃同学回到座位上。她究竟做得对不对，下面请贾斯汀同学上来再计算一遍。”

贾斯汀微笑着大步走上讲台，大笔一挥，也在等号后面写下了“9”。

埃玛老师很是诧异，按照多年的教学经验，在没有正式授课之前，一年级新生面对四则混合运算时，通常会按照普通顺序计算，将这种简单的题目答案写成“15”是正常现象。

这两位同学竟然都答对了，显然有点不合常理。埃玛老师故意大声问道：

“同学们，他们的答案都是‘9’，对不对啊？”

“等于15。”

“等于9。”

“等于 15……”

埃玛老师特地邀请一位喊“15”喊得最响的同学，请他站起来，回答为什么是“15”。

这位同学采用了错误的计算方法，答案显然也是错误的。

埃玛老师仿佛找回了一点师尊，微笑着请那位同学坐下：“同学们，这就是今天我们要着重学习的‘四则混合运算’。刚才伊娃和贾斯汀同学都答对了。贾斯汀，请你说说你的答案是怎么计算出来的。”

贾斯汀还没有站起来，一个温柔的女中音在他耳畔响起：“四则混合运算的计算规则是先乘除后加减。”

贾斯汀不紧不慢地站起来回答道：“因为，我们在计算‘四则混合运算’时，有一条法则，就是按照运算符号先做乘除，后做加减，而不能按照平常的计算顺序依次计算。所以，按照这个法则，这道题目应该先计算出 $2\times3=6$，然后再加上 3，答案等于 9。”

伊娃暗自得意，轻轻抚摸了一下手表，向那片金属片致敬。

埃玛老师见贾斯汀回答得完美无缺，满意地点点头，示意他坐下，心中却暗暗生疑：贾斯汀在入学摸底测试中，数学成绩简直是惨不忍睹，今天，他不仅答得准确，而且回答问题思路清晰有条理，难道这群孩子真的正如彼德呼吁的那样，不需要进学校学习了？

贾斯汀坐下后，得意地看了看彼德和伊娃，做出“V”形手势。

埃玛老师继续在黑板上写下不同类型的“四则混合运算”题，让同学分别上去计算，反复强化“四则混合运算”的法则。

经过这一堂课，彼德心中暗喜，自己昨天晚上捣鼓了大半夜，终于有了成果。他没有太多的欣喜，而是想再扩大战果，把一盒金属片全部分发给同学，再看看结果如何。

第一节课的下课铃声响了。

第六章　全校停课

下课了。

准备领取“记忆神器”的同学疯狂地冲出教室，朝操场边上的约定地点跑去。最先赶到的是佐伊，她果真是学生会社会活动部的部长，今年读高三，面临着毕业和高考。虽然她在社会活动和学习上都高人一等，但是，高考升学还是让她感到一种前所未有的压力。

她带着一种强大的气场要求同学，先听听彼德介绍“记忆神器”用法和功能，然后由彼德将“记忆神器”依次分发。

佐伊真不愧是个干部，她的安排不仅能让同学们充分了解“记忆神器”的使用方法和功能，还能有秩序、高效地领取“记忆神器”。

彼德被同学簇拥到操场的观礼台上，他拿起一片金属片向同学们介绍说：

“同学们，你们每人将领取到一片金属片，这就是传说中的‘记忆神器’。你们可以将它粘在贴身的地方，比如手表、手机、校徽等。这张金属片作为信息载体，囊括了小学、初中和高中的全部教材和历年的考试信息。你们使用时，只要使劲想好自己最需要了解什么学科，也就是用意念与这张金属片进行对话，金属纸片储存的信息就会自动提供你们所需要的答案。

“今天的第一节课上，我们班上的几位同学已经见证了这张金属片的神奇！”

“是哦，是哦，我再也不怕朗读课文了！要是在过去，我也不敢当着这么多人的面前说话哦！”

伊娃看到彼德在学姐的拥戴下，要和同学们分享“记忆神器”。怀着对彼德的膜拜，她竟然大胆地跑上观礼台，忙不迭地证实彼德的话。

此刻同学们正迫切地期待着彼德分发“记忆神器”，都有点不耐烦地起哄，要把伊娃赶下台。

“你们再不懂得感恩，我就让彼德哥哥停止发放‘记忆神器’——你，就是你，你叫得最凶。待会儿，我就让彼德哥哥不给你！”

伊娃指着靠近观礼台口一位起哄最厉害的高年级同学数落着。她说完，上前一步，拉住彼德的手，抢过装满金属片的盒子。

佐伊看出伊娃和彼德之间的亲密关系，也看出伊娃没有什么恶意，担心这样闹下去会影响发放的速度，弄不好同学之间还会发生纠纷。

她也跳上了观礼台，微笑着走到伊娃面前，优雅地从她手中拿过纸盒递给彼德：

“彼德同学，继续吧，伊娃同学刚才和同学们分享了使用的效果，让我们先谢谢这位小学妹！”

毕竟是学姐，她的拥趸和她绝对有一种默契。她的话刚落音，下面就响起了捧场性质的掌声。掌声中，佐伊拉着伊娃站到观礼台的一侧。一场即将引发的摩擦就这样云淡风轻地过去了。

彼德再次询问：“同学们，使用方法都听清楚了吗？”

“听清楚了！”同学们一致回答道。

彼德将盒中的金属片分给佐伊、贾斯汀、伊娃、卢卡斯和卡莱。正在这时，莉莉也赶来了，也承担了一部分发放任务。

不一会儿，来到操场排队的同学都领到了“记忆神器”。平时，同学们都盼望课间时间再长一些，今天，领到了“记忆神器”的同学都盼望马上上课，亲身验证“记忆神器”究竟有多神奇。

奥莉莎是佐伊的闺蜜，她近水楼台先得月，最先领到了金属片。这个心灵手巧的姑娘按照彼德的要求，迅速在校徽背面粘好金属片。她用右手虔诚地按住校徽，说出了自己的第一个心愿：希望自己能写出最动人的情诗。她正在恋爱，男朋友是邻班的学长，典型的文艺男。记得那天第三节课课间，文艺男在走廊里匆匆塞给她一张纸条。她在僻静处打开一看，发现是一首专门为她写的情诗。她几乎被情诗中字里行间的情愫迷倒了。那天，她整夜失眠，辗转反侧睡不着，反反复复读着情诗，幸福的眼泪不知不觉地滚落在枕边。第二天，她决定也用同样的方式回复文艺男，可惜写了无数，也撕了无数，无论她怎么写，总觉得都无法与文艺男的情诗匹配。要是能够借助这个“记忆神器”，写出令自己满意的情诗，一定会让那个文艺男对自己刮目相看。

高三（2）班的约翰，刚刚将“记忆神器”粘在手表背面。戴上后，竟然马上找到了“学霸”的感觉！

高二（1）班的男生麦森，是一个身高一米八多的大个子，他粗大的手笨得连小金属片都拿不住，不得不求助身旁一位同班细心的女生帮忙，粘到胸前一件金属挂饰上。

学校大约有三千多名学生，彼德带来两千多张金属纸片，也就是说，大部分学生得到了“记忆神器”。

上课铃声再次响起。第二节课马上开始了。

携带“记忆神器”的同学，一个个信心满满地走进各自的教室。

这大概是这所学校有史以来最有活力与激情的一节课。尤其是毕业班的学生，今天正好进行高考前的模拟测试。学校将根据模拟测试结果，在未来的一学期中为不同学生的学科短板进行不同方式的强化教育，也为未来推荐他们申请就读的大学和专业作为参考。

高三（1）班，也就是佐伊的班级，班上的同学在佐伊的带领下几乎全部获取的“记忆神器”。

这节课是英语写作模拟测试。

其中难度最大的测试题是世界文学名著赏析，其中包括美国著名作家赫尔曼·梅尔维尔的《白鲸》、英国著名作家莎士比亚的《哈姆雷特》、古希腊荷马的《荷马史诗》、俄罗斯著名作家列夫·托尔斯泰的《战争与和平》以及中国唐代著名大诗人杜甫的《三吏》《三别》。要求学生对其中的一位作者或者一篇名著写出不少于两千字的赏析文章。应该说，这些考题几乎囊括了世界文学史上最优秀的名家名著，难度之高，不亚于世界文学专业硕士的考题。但是，令监考老师没有想到的是，考试时间还不到一半，就收到了大部分学生交来的考卷。据老师初步目测，选择题的正确率接近百分之百。赏析题不仅行文流畅，文字隽雅，字里行间还感受到学生们观点新颖，视角独特。

高三（3）班这一节课是高等数学的综合复习兼现场测试。这个班的同学有一大半获得了彼德的“记忆神器”。课堂上，主讲老师惊讶地发现，在自己层层推演、解读某个公式时，绝大部分学生的脸上都表现出一种“与时俱进”的理解。在课堂提问或者与学生互动时，老师感到前所未有的顺畅。学生们不仅对答如流，甚至还会对老师提出的问题给出更多延展性的论证。

当然，低年级得到“记忆神器”的同学更是如鱼得水。

整个初三年级都在进行物理实验。

初三年级共有四个班，二百名学生集中在一个中型阶梯实验室内，由物理辅导老师指导学生进行“电与磁”的动手实验，以最直观的方式理解电与磁之间是如何转换的，并在此基础上进一步了解发电机和电动机的工作原理。

一上课，老师就向同学们提出了一个问题：“为什么发电机可以将动能转变为电能，并请同学们现场用实验证明这个原理。”

这个问题分别由每个班派出一名同学解答。

被老师选中的四个同学中，有三位领到了彼德的“记忆神器”，他们不约而同地听到自己耳畔有一个富有磁性的男中音说道：

“这是根据能量守恒定律，由运动的能量在切割磁力线的过程中产生了电能……”

三位同学异口同声、简洁地回答了老师的提问。那位没有领到“记忆神器”的同学虽然也知道答案，但是总觉得模棱两可，对问题的准确性把握不好。听到前面三位同学都这么回答，他理清了思路，也照样回答，同样得到老师的肯定。不过问题还没有完，老师要求四位同学自己动手，用实验来证明这一答案。

实验室内早就准备好了一台发电机的剖面模型，还有四辆类似自行车一样的动力源。三位领到“记忆神器”的同学的耳畔又响起了富有磁性的男中音：

“一位同学去蹬动自行车，将电极与转动的车轮处的电线相连……”

四位同学低声交换了一下意见，果然，得到的提示是相同的。那位没有领到“记忆神器”的同学已经完全信任他们了，于是，他们伸出右手，叠在一起表示“合力同行”，于是分别从自己班级中选出一名身强力壮的男生，要求他们一起骑上“自行车”。当他们合力踏动脚蹬时，全场同学可以看到，随着男生们奋力蹬踏，一只与发电机端线相连的白炽灯泡由暗到明，直到发出耀眼的灯光。

现场的同学都亲眼见证了这个实验过程和结果，对动能转化为电能有了直观、形象的理解。

这堂物理实验课取得老师预期的效果。老师给每个班级的评分都是“A”。下课前，老师给同学布置了一个课后动手实验科目：

“请每班同学利用废弃物品，制作一个手摇或者脚踏的发电装置，下周在实验室进行评比，并希望同学们在下次物理实验课的评比中都荣获优秀。”

下课铃声响了，初三年级的同学带着从未有过的舒畅与喜悦感走出了阶梯实验室。

要说领略这个“记忆神器”最神奇的功能，要数高二（1）班麦森了。他拿到“记忆神器”后去上体育课。

这堂体育课内容是全校秋季男篮比赛的选拔赛。班里的男同学分别组成了两个队进行对抗赛，胜者将参加高二年级的篮球队，代表年级参加全校秋季篮球比赛。

麦森的篮球球艺一般，徒有一米九几的身高。他投球命中率不高，传球也不得要领，但是，只要他在篮下，至少可以干扰对方的篮下进攻。偶尔得手，凭着身高优势，也能为自己的球队贡献几分。上场前，他按照彼德的提示，手捂金属片，虔诚地默默祈祷：

“快让我的球技迅速提升吧！”

刚向“记忆神器”说出自己的意愿，麦森就感觉到浑身上下被一种必胜的豪情充盈。他自信地脱下校服，在球场边做热身运动……

上场后，麦森在球场上成为全班瞩目的球星。开场两分钟，他就投中三个三分球。这让他的队友士气大振。更让人不可思议的是，对方在底线发球时，他竟然像后卫一样，直接冲到对方篮下，与中锋并肩作战，不仅在篮下打出两个漂亮的“盖帽”，还成功地抢到好几个篮板球。有一次抢到篮板球后，竟然从底线快速运球，直逼对方篮下，一个漂亮的三步跨篮，直接将球扣进篮筐。整个动作流畅连贯，一气呵成。同学们都被麦森的表现惊呆了，掌声频起，最后，他们队以 92∶51 的大比分获得半决赛的资格，而这个 92 分中，有 45 分是麦森贡献的。队友兴奋地将他高高举起，他则得意地拿起胸前的“记忆神器”放在嘴边亲吻，心中默默感恩：“记忆神器”啊，你竟然还有如此功能，让我在球场上找到了乔丹、科比的感觉。

同样，其他班级领到“记忆神器”的同学下课时都意气风发地走出教室。

下课铃声像一曲凯歌，为胜利归来的同学们奏响，为彼德将特殊记忆与同学分享的实验成功奏响。所有领到“记忆神器”的同学看到彼德和一年级四班的同学在草地上席地而坐，相互拍着手，一同跟随着彼德喊道：

“所有学校都应该消亡！”

“所有学校都应该消亡！”

“所有学校都应该消亡！”

所有领到“记忆神器”的同学都领略到这个金属片的神奇。他们中虽然也有“学霸”级的同学，但是，有了“记忆神器”后，让他们如虎添翼。

同学们全部得意忘形地学着彼德的样子，在学校操场的草地上舒坦地平躺着，双手高举，面向蓝天，高声欢呼：

“所有学校都应该消亡！”

“所有学校都应该消亡！”

两千多名学生的欢呼声，响彻学校的上空，刚刚下课走进办公室的老师都探出头向操场望去。

此时，第三节课的上课铃声又响了。但是，铃声早就淹没在同学们的呼喊声中。

那些没有获得“记忆神器”的同学也跟着一起放纵地躺在操场的草地上，一起有节奏地呼喊着。

校长米娅惊讶地推开窗户，向喊声震天的操场望去。她的办公室在教学楼的最高层七层，可以一目了然地俯瞰到两千多名学生有序地躺在操场的草地上。再仔细一看，草地中央的学生竟然用身体拼写成了一条短语：所有学校都应该消亡。

其他同学也有序地在这条短语的周围用身体拼成光芒似的放射状线条，高举双拳呼喊着：

“所有学校都应该消亡!”

“所有学校都应该消亡!”

“疯了，疯了！让所有的学校消亡？这些学生真的疯了！上课铃声都响了这么长时间了，竟然没有一个学生走进教室，这是集体罢课啊！她在这所学校当了三十多年校长，还是第一次看到全校学生无视上课铃声，躺在操场上发泄着对学校的不满。这一定是那个彼德闯下的大祸!”

米娅校长拿起办公桌上的红色电话，拨通了校董会的董事长的电话……

第七章　霸主危机

浩瀚的太空，不像在地球上那样能看到日月晨昏，只有无尽无边茫茫深邃的宇宙空间。在广袤无垠的太空深处，有一个水一般的蓝色星球奥密伽7。它的蓝色是包裹在星球外层的海洋折射所呈现的美丽色彩。几千万亿年前，一群高级生物奥密伽7星人就生活在这个星球上。这个星球上的资源远远不能满足他们生存、发展的需求，他们便在太空开疆拓土，创造了宇宙间的一切，主宰宇宙的一切，堪称宇宙的霸主。

俯瞰奥密伽 7 星球的大海深处，一组组不同几何形状的建筑群，构建成一个“Ω”形的城市。在正中央，是一组美轮美奂、高大巍峨的三角形建筑群，那里就是奥密伽 7 星球的最高权力机构，当然也是掌控宇宙核心权力者盘踞的地方。在它的右侧，可以看到一组由各种白色的球形建筑构成的建筑群，最大的一个白色球体建筑的正中央，一个巨大的希腊字母“M”交替闪烁着橙色与蓝色的光芒，这里是奥密伽 7 星球的安全总部。

远处，一艘红色的圆形飞艇飞驰而来，急速下落，在安全总部前的广场上停下。一位身着红色制服、头戴红色头盔的奥密伽 7 星人从飞艇中慌忙走出来。他是负责警戒外星球安全的西塔将军。

在这个球形建筑群的尽头，有一幢蓝色的圆形建筑，这是奥密伽 7 星球的后勤总部。这里负责为整个星球提供电力能源、氧气和饮用水。突然，控制中心警笛大作，监控显示屏上一行红色的奥密伽文字不停地闪烁。这条警情显示：能源供应不足，即将采取断电措施，以保护所有设备的安全。此刻，淡水处理厂内几十台巨型淡水制备设备，转换成低速待机运转模式，这意味着供应给整个星球饮用的淡水将要中断。

奥密伽 7 星球安全总部的中央控制室内，身着白底金边制服的西格玛端坐在巨大的弧形环幕前，谁也看不出他的年纪，但是，从他脸部的沧桑和威严的神情可以看出他的资历。此刻，他似乎在期待着什么。倏忽，他急不可耐地起身，面向背后的环形巨幕若有所思。巨幕上，显示着太空中搜寻的画面。

他焦躁地走到咖啡机旁，想喝杯咖啡调节一下情绪，摁下启动按钮，竟然看到红灯闪烁，显示缺水，不能启动。

他被眼前的现象激起一股莫名的怒火，愤愤地将杯子摔得粉碎……

西塔将军快步来到安全总部的门前。身着蓝色制服的后勤安全监察部首领准将泽它，也紧随西塔将军飞速走进安全总部。

他们凭着头部发出特殊编码的高频射线，让一道道透明厚实的大门次第开启。进入安全总部后，二人相互对视一眼。彼此很清楚，他们都是来向安全总部首领西格玛汇报警情的。

当他们来到中央控制室时，看见西格玛面向巨型屏幕，立即恭敬地向西格玛行礼。西格玛没有立刻回应，让他们隐隐感觉到一种彻骨的寒意。其实，西格玛已经明显地感觉出他们来干什么，却未转身。西塔从背影感受得到，西格玛在作聆听状。他嗫嚅着向西格玛报告紧急预警：

“那——那——那什么——是昨天，地球上发生的事情……”

他刚开口，就遭到西格玛的严厉呵斥：“我想听的不是昨天，而是现在！你应该知道，我们的昨天，是地球上十几年前的事了。你负责外星球的安全预警，需要按照微秒设定监控程序。我再次要求你，说话直截了当！”

西塔喃喃地解释：“那——那什么——尊敬的西格玛先生，我们是按照您的要求设定监控程序的。可是，那——那什么——普通信号从地球回传过来也需要几万光年……我们已经采用了最先进无阻尼的暗物质流体加密传输技术……”

听到西塔不着边际的解释，西格玛怒不可遏，但还是强压怒火：一则，他想尽快听到最新的警情；再则，西塔是他最宠爱的孙子。他用恨铁不成钢的语气说道：“孩子，我再说一遍，说话要直截了当！”

西塔说：“那——那什么——我刚刚收到来自地球传来的一条危险的信号，地球上已经有人破解了锁定记忆遗传的密码。”

听到西塔报告的警情，西格玛强忍怒火，缓缓地转过身，指着诚惶诚恐的泽它问道："你呢？也有坏消息？"

泽它掩盖不住焦虑的表情，低声呈报道："尊敬的西格玛先生，后勤部的能源将要枯竭，淡水处理中心的饮用水制备设备全部处于怠速运转状态。接下来，将是电源中断，连氧气也要停止供给……大概是智慧能源供应出现了异常。"

这更是令奥密伽 7 星人担忧的一个极为致命的核心机密。那就是，这个星球上所有的能源，包括电力、制氧、淡水制备等，全部依靠地球上人类生前的智慧作为能源。

奥密伽星球被海水包围着，所有的淡水，也全部依靠地球上人类的智慧能源进行海水淡化处理，一旦失去这个能源，将直接威胁到奥密伽 7 星人的生存。饮用水制备设备因为智慧能源供应出现异常已经瘫痪，接下来，是氧气供给中断，所有计算机停止运行……这些，与地球上传来的警情是否有直接的关系，目前尚不明确。但是，这是奥密伽 7 星球有史以来从未出现过的现象。

听到这，西格玛瘫坐在椅子上。少顷，他愤怒地举起拳头，重重地砸向椅子扶手，并借着这股力，巍巍地站起来，命令西塔，立即通知安全总部各部门首领，听取警情，商量对策。

他身后的巨型环幕，画面迅速锁定地球，沿着太平洋西岸推进。

很快，身着紫色、橙色、白色、黑色等不同色彩制服的部门首领全部来到，他们面向巨型屏幕，围在西格玛面前。

西格玛威严地扫视了每个部门首领，用浑厚的奥密伽7星球语训示道："各位，当你们在享受地球人用智慧创造的财富时，请不要忘记，由于我们当初设计程序时的一个小小疏忽，导致地球上的生灵，正一步步威胁着我们的安全！"

各位首领面面相觑。

西格玛继续说："孩子们，这段历史你们也许不太清楚。三十万年前，我们奥密伽7星人在太空中物色了一批适合生命存在的星球，这些星球大多数集中在银河系。当我们将生命物种投放到这些星球后，竟然遇到各种意外。

"有的星球，因为不能长期保证生命需求的供给，很快就引起了全球性的资源匮乏，导致所有生命遭遇灭顶之灾。

"有的星球，却因为我们投放的生命物种太活跃了，活跃得已经不愿意接受我们的控制，更不愿意源源不断地向我们提供智慧能源。对于这种叛逆的物种，我们伟大的女皇只能下达杀无赦的密令，让他们顷刻之间化为乌有。那个叫火星的星球，现在还是荒芜一片，死气沉沉，这叫做咎由自取！

“当然，其中最理想的，多年来一直归顺我们的，当属太阳系一个叫地球的星球。当我们赋予地球各种生命的时候，发现有一种叫人类的生物，极其聪明智慧，但是，这种生物却有着与生俱来的贪婪与自私。这让我们在赋予人类知识与智慧时，也有一种隐形的担忧，担心他们重蹈火星人的覆辙。既然赋予他们智慧是一柄双刃剑，我们伟大的记忆基因遗传工程学阿不博士和他的团队，为了确保我们长期享受地球人类的智慧能源，经过反复研究，设计出可以对人类记忆预先存储与删除的程序，这是我们控制人类记忆传承，控制人类智慧增长的绝密核心技术。也许，正是由于他们当初设计时存在一个程序漏洞，为今天留下了不可估量的隐患！”

西格玛扫视一下诚惶诚恐的年轻下属，眼中闪现一丝不易觉察的得意与恐惧。接着，他放缓语速说道：

“按照地球纪年算来，这项计划已经实施几十亿年了，怎么……地球上居然有人具备了破解遗传记忆密码的能力？果真如此的话，这意味着人类一旦真正掌握了记忆遗传的密码，智慧世代传承，使得某些个体智慧突破了极限，进而使得整个人类都具备记忆的遗传基因，我们奥密伽 7 星人将失去对地球人类的掌控，进而威胁到我们宇宙霸主地位，甚至奥密伽 7 星人的安全与生存。”

现场一阵沉默。

西格玛咬牙切齿地举起拳头向年轻下属晃了晃。少顷，他调整一下情绪，清了清嗓子，无奈地摇了摇头，用一种更为恐怖的语调自言自语道：

“到时候，恐怕我们连一滴淡水也喝不上，甚至连呼吸的氧气也没有！”

说到这，西格玛做了个抹脖子的动作。他的话引起各部门首领一阵小小的骚动。

西格玛接着说道：“请各位看看西塔搜集的来自地球的警情，因为涉及地球人不同国家的语言，请各位启动‘语言同步全译通’系统。”

巨大的环形屏幕上，画面定格在美国旧金山一所百年名校的操场上，全校学生集体躺在操场的草地上，用身体组合成“所有学校都应该消亡”字样。全体学生高举拳头呼喊着：“所有学校都应该消亡”的口号。

当站在巨型屏幕前的奥密伽 7 星人听到那句“所有学校都应该消亡”时，立刻意识到了问题的严重性。

西格玛挥了挥手。

巨型屏幕切换成彼德平躺在草坪上、面向蓝天、高举拳头呼喊“所有学校都应该消亡”的画面。

西格玛极其不满地瞪了西塔一眼。

巨型屏幕上立刻切换成彼德的档案。一张张彼德自出生到少年不同时期的照片，以及他和父母、祖父母等家人在不同场所的照片和视频。旁边是奥密伽 7 星文字的注释。这些文字一行行地上移，其内容是：

彼德，男，地球年龄 7 岁，出生在美国西海岸旧金山郊区的一个普通家庭。这是华裔和欧美多种血统的混血家庭。

曾祖父赵笃甫，华人，祖籍上海，出生在一个中医世家。

祖父赵步蟾，核能物理专家。赵家世代相传的中医从此后继无人。

祖母荷茜，犹太人，出生在奥地利维也纳的一个贵族家庭，著名作曲家，她的作品被著名演奏家、指挥家采用。然而，她却随丈夫移居美国，现定居中国上海。

父亲赵亚文，出生于美国，曾就读于斯坦福大学，专攻天体物理专业，取得博士学位，著名天体物理学家。他娶美国著名女高音歌剧表演艺术家依莎贝拉为妻。夫妇俩十年前生有一女莉莉。莉莉三岁时，他们又生下一子取名彼德。

在彼德不到一周岁时，就已经能口齿伶俐地与大人交谈。

赵步蟾在美国时，彼德能用上海方言和赵步蟾谈起上海黄浦江外滩的情景，还绘声绘色地对江畔一截固定铁链的水泥桩说起令赵步蟾都不能淡忘的回忆——那是赵步蟾与荷茜第一次定情的地方……谈起南京路的繁华，谈起城隍庙的小吃，他居然如数家珍。事实上，他从来就没有去过上海。

彼德能用流利的奥地利语和荷茜畅谈创作交响乐曲时的对位和弦应用……说起多瑙河畔清澈的河水，阿尔卑斯山顶的雪景，说到高祖母经常带着荷茜在河畔一家小咖啡厅一边品尝飘香的咖啡，一边聆听乐手弹奏的精湛琴声。请留意，他根本没有去过奥地利维也纳。

荷茜最爱这家咖啡店主人亲手做的香草奶昔。虽然，荷茜一直向彼德承诺，带他飞越大西洋，去欧洲寻访古老的故乡，去看看茜茜公主曾经居住过的美泉宫，去金色大厅聆听一年一度的新年音乐会……然而，终因荷茜与家人失联多年而未能成行。

让人吃惊的是，彼德还能经常与赵步蟾和赵笃甫一道讨论博大精深的中医要论。赵步蟾虽然留洋选择了核能物理，毕竟出身中医世家，对中国传统的中医并不陌生。听到彼德头头是道地讲述中国最早的医学典籍，传统医学四大经典著作之一《黄帝内经》中的“阴阳五行学说”，流畅地背诵古代医药著作《汤头歌诀》，这让赵步蟾暗暗称奇——赵步蟾只要一背诵这部生冷古僻、佶屈聱牙的《汤头歌诀》，就几近崩溃。也正是因为背不了《汤头歌诀》，赵笃甫才放弃让其继承中医衣钵。

更让赵笃甫吃惊的是，一次他到美国探亲，彼德在和他聊起中国传统医学时，彼德声称，中国还有一部更有价值的经典著作，失传已久的《黄帝内经》的姊妹篇《黄帝外经》以及更具经典的《扁鹊内经》。

巨型屏幕又切回到现实中。彼德第一天在学校的行为，均在奥密伽 7 星人的监控之中。西格玛及其部下从巨型环幕监控中看到彼德的一切言行，在惊讶与震怒之余深感事态严峻。

身着黑色制服的代尔他是负责奥密伽 7 星球终端数据库的首领，他也汇报了近期一直颇受困扰的现象。近来，数据库存已经几次处于崩溃的边缘，却一直找不出干扰数据库存的具体原因。今天，他从地球传来的这些警情中似乎有一种不祥的预兆：最近这种极不正常的运行情况，会不会因为这个彼德大脑中产生记忆遗传的脑电波干扰所致——根据量子学理论，量子之间有着密不可分的“多胞胎现象”和“心灵感应”功能。也就是说，如果地球上某个生物的智慧记忆一旦突破极限，通过量子这种载体，在奥密伽 7 星球上相对应的量子就会产生异动。而这种异动不仅可以产生类似核裂变一般的强烈反应，还会对现有的数据产生强烈的干扰。

当然，这也可能是奥密伽 7 星人为地球上人类设置控制记忆遗传密码漏洞留下的隐患。

这个信息对于本来就已经恼怒万分的西格玛，无疑是火上浇油。他清楚，奥密伽 7 星球的终端数据库是一个庞大的资料管理系统，不仅储存着奥密伽 7 星球上每个成员的档案资料，贮存着整个宇宙中不同星系的绝密信息，还贮存着奥密伽 7 星人管理与掌控其他星球的整套指令密码。当然，这个数据库还拥有大量针对宇宙间不同星球的生物、星球生态乃至不同组织机构、武装集团、政府机构甚至还囊括了个人的信息资料，共同构成一套总量达到亿万 TT 级别的数据库。

一旦这套系统崩溃，将是安全总部最大的失职，这意味着奥密伽 7 星球赖以称霸宇宙的核心机密将消失得无影无踪。

西格玛不愧是老谋深算的安全高手，早在若干年前他就已经预感到这种现象总有一天会出现，只是不确定在什么时候出现。为此，他早已拟定出一套预警方案。

这一套预警方案全部存储在他的加密硬盘中，在任何紧急情况下可以一键输出，让所有属下第一时间掌握所有的细节和行动计划。

他深深地吐出一口气，将手伸向那枚黄色按钮，他本不想此刻启动这套方案，但权衡再三，眼下的警情已经容不得他再犹豫了。

他咬着牙，狠狠地按下控制台上的那枚橙黄色按钮，巨型屏幕上立即弹出一行奥密伽 7 星文字：立即启动珈玛计划。

第八章　第七维度

当西格玛在控制台上摁下黄色按钮后，目光却停留在巨型屏幕上显示的那一行奥密伽7星文字上：立即启动珈玛计划。

这一行熟悉的文字再次让他回忆起当年的情景。那是他继承父亲安保部职位的当天，父亲特意将他叫到总部办公室。父亲就坐在他现在坐的位置上，他则恭恭敬敬地站在父亲对面，聆听父亲耳提面命的教诲：

“孩子，我在奥密伽7星球上当了一辈

子安保部的首领，如今，汉娜在女皇面前举荐你接替我的职位，这当然算是对我的一点恩泽。但是，你知道坐这个职位的潜在危机吗?”

“父亲，确保奥密伽7星球的安全，是我责无旁贷的神圣职责。一旦遇到外太空任何敌人的侵犯，我将动用奥密伽7星七维空间的超光速粒子予以全歼!”

年少轻狂的他不识愁滋味，豪气如云地回答父亲。

父亲听到他的回答，知道他已经升级至第七维度的思维模式，身怀绝技，必然气血方刚，口出狂言。看着颇似自己当年的儿子，父亲不置可否地摇了摇头，用慈爱的眼神看着他，沉吟了半天，才吐出一句：“太像我当年了……”

西格玛听到父亲这句充满感慨的话，有点茫然：父亲这是夸奖自己还是责备自己？听得出来，父亲说这句话时的神情充满了复杂的思绪，有一点点赞赏，但更多的是一种自责与愧疚。他不敢打断父亲的思绪，静静地作聆听状。

终于，父亲打开了话题：“孩子，听到你刚才的回答，让我想起了自己年轻的时候。应该说，那时候的我比你还要豪情万丈，但是，我也栽在这上面。咱们西格玛家族的祖辈是奥密伽7星球的开山之祖，当年依靠的就是咱们祖辈的神勇，还有……”

父亲的讲述，把西格玛带到了发生在数百亿年前的那场太空霸主争夺战的场景之中。

宇宙大爆炸后，太空中一片混沌，来自太空的不同生命体以各种形式在太空中寻求赖以生存的空间。珈玛人也凭借着自身的实力试图寻求到一个可以长期安身立命的空间。

如今的奥密伽 7 星球，原来是以一个叫嘎嘎为首的奥密伽 6 星人盘踞的星球，这颗整个被海水包裹着的蓝色星球充满了生命需要的基本元素，大海里有极其丰富的次生悬浮颗粒与海域生命元素，可供各种低等生物生存需要。但是，若想在这个蓝色星球上发展成高级生物，并世世代代繁衍下去，却必须拥有巨大的、源源不断的能源来转化氧气、淡水等高级生命生存所需要的最基本的元素。

当年，占据这个星球的物种是奥密伽 6 星人，这群人已经发展成高级生物了，他们借助自己的智慧从海洋中无休无止地索取资源。为了满足自身的生存需要，他们滥捕滥杀海洋生物，将其作为海水转化淡水和制备氧气的能源，但是，这种方式转化效率极其低下，且消耗巨大的能源。

眼看奥密伽 6 星球上的海洋资源日渐枯竭，以嘎嘎为首的执政家族和被统治的汉斯家族之间也产生了惨烈的内讧。

当时，珈玛人的祖先在太空中四处飘荡，正在浩瀚的太空中苦苦寻求安身之地时，意外地发现了这个理想的星球。为了争夺生存空间，珈玛人的祖先与当年的奥密伽 6 星人之间展开了一场没有硝烟却异常惨烈的殊死争夺战。

当年的奥密伽 6 星人已经具备了第四维度的智慧思维能力。

珈玛人的祖辈驾驭着宇宙光束粒子飞船，在即将接近奥密伽 6 星人时，对方已经发现了珈玛人的意图并严阵以待。

嘎嘎和汉斯两个家族中止了争斗，双方暂时放弃对峙，将所有奥密伽 6 星人的思维状态全部转换成当时堪称最高级别的第四维度思维模式。

其实，任何一个奥密伽 6 星人如果将自己的思维转换成第四维度模式时，其脑电波所产生的能量将达到 2000 摄氏度，足以让黄金熔化。

当年珈玛人的祖先也拥有第四维度的智慧能量，欲与奥密伽 6 星人争夺生存空间，将是一场势均力敌的生死之争。

显然，围绕这场生存空间的争夺战，只能智取，不宜强攻。当年的珈玛人的女皇派出的就是以西格玛家族为主力，与埃它家族组成的混编部队前往。

西格玛家族的祖先接到这道指令后，决定与埃它家族兵分三路：一路正面佯攻。承担正面佯攻的是埃它家族中最年轻的成员，他们都抱着壮士一去兮不复还的必死决心，确保为第三路人马潜入深海赢得足够时间。

一路侧面助攻。负责侧面助攻的是西格玛家族和埃它家族中的妇女和儿童，他们只是从侧面分散正面劲敌的注意力，最大限度地降低正面佯攻队伍的牺牲。

战斗打响后，西格玛家族的族长带领一支精兵潜入三千米的深海。当奥密伽 6 星人全部将思维模式用统一的频率转换成第四维度时，海水可以免受高温的辐射。他们潜入深海后，伺机混入奥密伽 6 星人的队伍之中。

一场争夺生存空间的恶仗在太空拉开了序幕。

混沌的太空中没有日月星辰，只有偶尔划过太空的一些陨星，在漆黑的太空中留下一条明亮的弧线。

当珈玛人的正面佯攻部队的百艘宇宙光束粒子飞船，距离奥密伽 6 星球还有一千光年时，奥密伽 6 星人已经警觉地发现了珈玛人。凭着他们第四维度的敏锐感知，他们清楚地意识到来者不善。

嘎嘎与汉斯达成合作备忘：共同抵御来犯之敌，待击退来犯之敌后，再以最深处的海沟为界，划沟而治，互不侵犯。

他们立即召集自己麾下的全部成员，将思维模式转换成第四维度高频制热模式，统一调到紫色光谱频率，这是一种频率最高可达 800 兆赫，波长仅有 400 纳米的隐形光，但是，这种平时不起眼的光在第四维度的思维模式下，尤其是若干个发光体同时聚焦时，发出的热量完全可以与太阳表面的温度匹敌，高达摄氏 5500 度左右。

一时间，海水化作高达数千摄氏度的蒸汽，整个蓝色的星球被蒸腾的白色雾气包裹，远远望去，太空变成白茫茫的雾海。同时，灼热的蒸汽形成不同的气旋上下翻滚，根本看不清那颗蓝色星球的位置。高温导致海底熔融的岩浆挟带着高达几千度的烈焰，喷薄而出，直冲太空。五色斑斓的岩浆在漆黑的太空中散开，形成诡异而恢宏的奇观。

此时，珈玛人的正面佯攻部队被眼前的景象惊呆了，如果再上前一步，所有人都将在炽热的高温中化为灰烬。但是，如果止步不前，侧面助攻的部队和伺机潜入海底的部队都将失去战机，整个战役将以失败告终，珈玛人还将终日流浪太空。

率领正面佯攻部队的首领埃它将军，就是现任安全总部行动总队队长埃它的祖先，号召所有人联合启动第四维度的大气振动模式，但是，将振动频率设置为两组，一组生成垂直上升气流，另一组随着上升气流的气旋以90度的夹角生成横向气流。两种气旋相互生成时，形成了类似龙卷风般的巨大气旋，以500万公里时速冲向包裹着蓝色星球的雾气和冲天的岩浆。

然而，在巨大的热辐射下，强劲的龙卷风与高温蒸腾的雾气相互撕扯，被改变了方向，甚至挟裹着几千摄氏度的岩浆反过来喷向正面佯攻部队，一时间，大批年轻的珈玛人死于非命。

负责侧面助攻的头领见正面部队采用气旋对阵，也立即下令，按照同样的方式，结集所有成员，以垂直气流和横向气流的交互方式，从侧面发出，与正面佯攻部队形成“双龙卷风”模式，两股矗立在天地之间的强劲旋风，有效地压制了蒸腾海水的雾气和熔融岩浆的喷薄。

乘着瞬息的良机，西格玛家族的先祖迅速潜入蓝色的深海，借助第四维度的敏锐，他们成功登陆，擒获了奥密伽6星人的首领汉斯，也就是现任法相汉娜的先祖。西格玛代表珈玛人许诺，若夺得蓝色星球，将对其委以重任，并确保其家族世代享有皇室成员优厚待遇的继承权。

汉斯本来代表着奥密伽6星人底层成员的利益，正因为奥密伽6星人的首领专断独权，飞扬跋扈，骄奢淫逸，利用强权在利益分配上采取森严的等级制度，甚至在最基本的生产资料的分配上也采取极其不公平的等级制度，在生产资料日益匮乏的情况下导致绝大多数成员濒临死亡，正所谓“官逼民反”，汉斯受底层成员的推崇，高举义旗，打响了推翻嘎嘎家族的内战。

汉斯在接受本家族享有皇家成员优厚待遇的条件后，补充要求：必须保证自己率领的底层成员能够在奥密伽6星球上继续享有平等的各项权利。

这虽然超出了西格玛先祖临危受命时女皇授予的权力范围，但是，此刻不容他太多犹豫，正面佯攻部队以牺牲年轻生命为代价换来的战机，要求他必须立即作出决策。

从整个大局考虑，也从未来考虑，西格玛先祖当机立断，向汉斯作出了承诺。

双方同时将左手弯曲的食指紧紧相扣，表示庄重的承诺与结盟。

汉斯不仅向西格玛先祖提供了奥密伽6星人秘密设定的第四维度的统一频率，还立即通过他们起义时约定的暗号，号召自己的部下全部参与珈玛人的“旋风”计划中，配合正面、侧面和海底的“旋风”行动，三股强劲的龙卷风从垂直、横向和立体平移三个维度中生成一股摧枯拉朽的超强气旋，围绕着蒸腾的海水雾气和漫天的岩浆上下翻滚，所到之处，海水雾气逐渐烟消云散；

挟裹着熊熊烈焰的冲天岩浆，则顿时凝固成一根根巨型的钟乳石柱，在太空中分崩离析。失去海水雾气和高温岩浆保护的嘎嘎及其部下，在三股强劲的龙卷风的超强合力下，已经遍体鳞伤。

嘎嘎见自己的部下和家族成员已经折损殆尽，三股强劲的龙卷风还是以摧枯拉朽之势，席卷着整个蓝色星球，如果再不及时撤出，自己的家族成员将被三股强劲的旋风吹得粉身碎骨。凭借第四维度思维模式，嘎嘎知道，这一役败在汉斯手中，只恨自己心慈手软，没有除恶务尽，留下了这个毁灭奥密伽6星球的祸根。

嘎嘎恋恋不舍地回望盘踞了多年的蓝色星球，率领残余部下和家族，向外太空狼狈逃窜。

珈玛人在这场争夺生存空间的太空大战中成为赢家。女皇亲自率领所有珈玛人入住奥密伽6星球，并正式将其更名为奥密伽7星球。

这场生存空间的争夺战中，牺牲与损伤最惨重的当数埃它家族。但是，埃它祖先仅仅获得了隶属于安全总部的行动总队队长之职。说白了，就是负责打打杀杀、冲锋陷阵的卖命任务。这个职务一直以世袭的方式延续至今。西格玛家族在此役中应该荣获头功，但是，在率部投诚的汉斯说服下，女皇听信其谗言，对西格玛的先祖“委以重任”，并美其名曰“负责奥密伽7星人的安全总部”，这一职务实为防止其他星球的生物再以西格玛惯用的“反间计”来颠覆奥密伽7星人的霸权。而以率部投诚居功自傲的汉斯则在女皇驾前专设了一个“法相”的要职，这一职务可谓“一人之下，万人之上”，甚至，条件成熟时完全可以架空女皇，取而代之。

这一切，从珈玛人掌控奥密伽7星球后，一直延续至今，成为西格玛家族、埃它家族与汉娜家族之间世世代代的隐痛。

唯一让西格玛家族感到欣慰的是，通过争夺奥密伽6星球之战，其祖辈已经将思维模式转变与升级的智慧列入家族的核心机密，经过数代人的精心修炼，已经具备并拥有更为高级的智慧，那就是第七维度的思维模式。

第九章　居心险恶

星期天早晨，美国东西部橄榄球半决赛将在旧金山著名的里维斯体育场举行。这是一场决定野马队能否晋级决赛的决定性一战。如果胜出，野马队将再次进入今年秋季举行的超级碗决赛，并有望获得超级碗的冠军。赵亚文、彼德父子俩作为野马队的铁杆粉丝必须到现场观赛。当然，赵亚文带上彼德，伊娃也将如影随形。这个胖丫头在彼德的影响下，也成为野马队的“伪球迷”。

通常，如果是休假的日子，依莎贝拉也会陪着彼德，带着莉莉和赵亚文一同去观看球赛，这也算是一家人星期天的度假项目吧。但是，今天她却分不开身，她在歌剧院刚刚复排的歌剧《蝴蝶夫人》中，将出演女一号——年仅 15 岁的日本艺妓巧巧桑——颇具挑战的一个角色。她作为两个孩子的妈妈扮演一位 15 岁的少女，更具有挑战性的是，她还必须在剧中多处载歌载舞地表现日本艺妓地道的“卡巴库”。为此，她下足了工夫。今天，第一次正式公演，她当然不能缺席。

再说莉莉，她好像更多地遗传了依莎贝拉的基因，她最开心的事是在后台看着依莎贝拉化妆，看着那么多的叔叔阿姨在后台练声，然后躲在侧台看演出，在那里还可以看到演员上场、下场，甚至还可以看到许多观众在台下看不到的各种幕后花絮。比如，某个演员上场时被裙子绊了一跤，连滚带爬地整好妆容一本正经地上场；再比如，在台侧负责提词的员工一时大意，和旁边的人闲聊，恰巧又遇上台上的演员需要提词，无论如何“飞眼传情”也无济于事……倒是在这种情况下，莉莉还能及时提醒提词员工救场。

既然如此，全家人决定兵分两路，赵亚文带着彼德和伊娃去看球赛，依莎贝拉带着莉莉去剧院参加演出。

一家人吃完早饭，正准备叫上伊娃分乘两辆车出发时，突然，一辆白色的商务车在门前停下。车身上印有一行醒目的蓝字：CIDC（儿童智力开发中心）。车上下来三位不速之客。

三位身着镶嵌白领的深蓝色制服人微笑着向彼德家走来。走在最前面的是一位栗色卷发的中年妇女，后面紧跟着一男一女两个年轻人。显然，后面两个年轻人是前面那位中年妇女的助手。

见到一家人要出门，中年妇女也十分清楚，自己这种突然造访的行为显然有些不合礼仪，于是，她极力表现出友好而谦恭的态度，远远地伸出手，径直走向赵亚文身边：“您就是赵亚文先生吧？”

赵亚文也看到了那辆车上的标志，见来者并无恶意，也就绅士地和中年妇女握了握手。

中年妇女热情而得体地自我介绍道：“我叫索菲亚，儿童智力开发中心的主管。”接着，她侧转身子，指着身后的两个年轻人继续介绍说，“这两位是我的助理，格丽丝、肖恩。”

格丽丝和肖恩也上前一步谦恭地与赵亚文握手。

寒暄之后，索菲亚见赵亚文和家人即将出门，在这种情况下不可能耽误太多的时间，于是，她拿出一张名片，开诚布公地提出了要求：

“很高兴认识您。我们是一家研究和开发儿童智力的非营利组织，想在适当的时候邀请您的孩子彼德，配合我们开发儿童智力方面的研究，到一些学校进行有关强化记忆的 TED 演讲……您看，您马上要出门了，方便的话给我留下一个电话，详细情况等您方便的时候我们再联系，好吗?”

赵亚文有些无奈地耸了耸肩，带着询问的眼神望着依莎贝拉。依莎贝拉明白赵亚文的意思，略略点了点头。

赵亚文把依莎贝拉的手机号告诉索菲亚：“好的，谢谢你的关心。孩子刚刚开学，具体怎么安排，您还是联系他的妈妈依莎贝拉吧。”

索菲亚看了一眼依莎贝拉。这位美丽的少妇，似曾相识。

格丽丝很职业地打开手中的文件夹，记下了依莎贝拉的名字和电话。

三辆车向不同方向驶去。

奥密伽 7 星球安全总部。

西格玛召集所有的部门首领，分别下达珈玛计划的执行细节：

“孩子们，是实施珈玛计划的时候了！这是一个 4A 级绝密计划，将关系到奥密伽 7 星人的安全甚至生死存亡，请各位必恪尽职守，绝对保密!”

西格玛利用遥控器将背后的巨型屏幕上的内容切换成一行奥密伽 7 星文字：

AAAA 级绝密：珈玛计划

在巨型屏幕的右上方，有一个约占屏幕面积四分之一的视频窗口，这是每个接受珈玛计划的具体负责人与现场对话的窗口，包括现场的各位首领。

然而，值守在不同部门的下属却通过巨型屏幕的右上角，发来一条又一条警报：

“终端数据库又出现大面积黑屏。重启后，大量数据丢失……”

“又有一组淡水制备设备进入待机状态……”

安全总部内弥漫着焦躁不安的气氛。

西格玛强作镇静地一边向各个首领发出执行指令，一边无奈地接受下属部门发来的一份份警情。

突然，巨型屏幕右上方的视频窗口强行切入一个信号，闪烁的 Ω 符号和三短三长重复的蜂鸣声让现场所有人大吃一惊：那是来自奥密伽 7 星球最高权力中心的特殊信号。

西格玛闻讯走下来，恭恭敬敬地站到下属的行列中，面对巨型屏幕，准备接受来自权力中心的最高指令。

巨型屏幕右上方的小窗口迅速切换成全屏。

奥密伽 7 星球的法相汉娜出现在巨型屏幕上。这是一位一头银发、祖母级的资深幕僚。她是汉斯的后人，凭借世袭，她位高权重，连续辅佐过三朝女皇，现任女皇及其内阁成员几乎都是她的得意门生。她在奥密伽7星球的地位堪称是一人之下万人之上，甚至，有些时候女皇也惧她三分。

今天，她以视频方式亲自督导安全总部的警情应急处理，足见事态的严重程度。事实上，通过视频，奥密伽7星球的国防总部、科研总部、财务总部、后勤总部等首领及其下属，此刻都奉命守候在各自的视频会议室听候训示。

法相汉娜身着一身金色镶白边的制服，显得干练矍铄。她一露面，就是一脸慈祥祖母般招牌式的微笑，慈爱而不失威严地说道：

“孩子们，来自地球的警情都收到了吧？今天会后各部门立即根据各自的职责范围拟定一份应对计划上报给我。现在，先说说安全总部拟定的一整套应对地球警情的珈玛计划……”

说到这里，汉娜低下头，面对讲台上那块专门为她安置的全透明的显示屏，点击一个橙色文件夹，打开一份绝密文件。

看到这个短暂的停顿，西格玛脸上掠过一丝不易被人觉察的得意。然而，下一刻，他那丝得意的微笑定格了。

汉娜抬起头，同样是慈祥但毋庸置疑地说道：“立即停止珈玛计划！”

汉娜不无遗憾地凝视着镜头，让所有参加视频会议者都感觉到，她在注视着自己。稍作停顿，她接着说道：

“孩子们，请你们记住，我们奥密伽7星人是宇宙中至高无上的统治者。为什么？就是因为我们掌握了宇宙中所有生物都不具备的智慧。我们拥有宇宙中所有生物都没有的伟大信仰。我们肩负着宇宙中所有生物都不曾承担的神圣使命！

“西格玛啊西格玛，我说的这些，你的父亲就曾经按照我的这套核心理念孜孜不倦地教诲他的学生，难道你例外吗？还是你忘记了？

“看看你的珈玛计划，怎么看也不像出自你这位资深安保人之手啊！当然，我更不敢相信，这就是你的令尊大人给你留下的紧急安保锦囊！”

汉娜一连串的发问，让面对巨型屏幕的西格玛如坐针毡，更让他在下属面前威严扫地。他胆怯地扫视一眼身边的下属，立即发现，下属无一不在回避他的目光。

汉娜接着用温和而严厉的语气继续说道：

“这份计划太没有智慧含金量啦！通篇充斥着暴力与血腥！孩子们，请你们记住，千万别被科学万能的光环弄昏了头脑。记住，科学永远是把双刃剑，如若不懂得合理利用，在加害其他星球生灵的同时，我们同样会受到伤害，同样会受到打击！一千多年前，火星上生灵消亡的教训难道还不足以让我们引以为戒吗？固然，是这群火星人，自以为自己的智慧可以超越我们，竟然敢于违抗天命，将自己设置成长生模式，甚至，他们还研制出一套太空计划，想在太空中寻求新的星球，投放新的生命物种，与我们奥密伽7星人分庭抗礼。但是，他们忘记了自己的来路——他们中的每一个人，都是我们创造的。他们中的每一个人的生命，都是我们赋予的！而他们中每个人所拥有的智慧，更是我们预先设置好的！当他们不知道自己的来路，利令智昏之时，也就是他们的灭亡之日。这——可不能怨我们仁慈的女皇，我们也为此损失了巨大的能源收益！

“虽然火星现在变成了荒芜、没有生命的星球，但是，如果有什么值得我们反思的话，那就是：只要是我们治下的任何一个星球失去生灵，就意味着我们失去一份赖以生存的资源。

“固然，地球上的人类携带着与生俱来的贪婪、自私与邪恶，然而，对于芸芸众生而言，他们大多是善良的无辜者。我们已经在赋予地球人类生命的初期，设计了他们的生命长度——让每个人，不论尊贵与贫贱，也不论伟大与渺小，只能拥有短短的几十天（按照奥密伽纪年的算法，折算成地球纪年方式应该是一百年左右）的生命。如果我们再用杀戮与暴力剥夺这些无辜生命的生存权利，这可是比记忆遗传密码被破解更为严重的失策啊！

“尽管我们的科研部门为人类设置了‘天良’这道底线，然而，贪婪、自私的人类往往对此置若罔闻，特别是那些失去良知却拥有权力和财富的人——不过，这并不可怕，我们已经清楚地看到了这些丧尽天良者，在触碰到‘天良’这道底线时，无一不是落得自取灭亡的下场。这，不正是我们奥密伽 7 星人的强大之所在吗？

“说什么让彼德在地球上消失，这种想法——愚蠢！今天消失了一个彼德赵，明天会出来更多的彼德钱、彼德孙、彼德李！让他消失，不是我要的结果！”

说到这里，汉娜用咄咄逼人的目光扫视着每个听训者。随着她目光的所到之处，巨型屏幕上也依次展现出各个部门与会者的表情——人人噤若寒蝉。尽管汉娜一番话说得振振有词，但是，听训者更清楚，凭着汉娜的读心术，此刻她可是在审视每个人在听完这番话后的态度。

扫视完所有的听训者，汉娜接着明确地指示：

“我们的科研部，立即就人类记忆基因遗传的密码漏洞尽快拟定出新的补丁方案。罗他，在吗？”

巨型屏幕的下方出现一个小窗口，弹出了科研部首领罗他的头像。见到罗他，汉娜继续说道：

“当然，我期待你们科研部研制出一套能让这种人类记忆变异情况彻底复原的技术，万一不能复原，就给他的记忆彻底删除！这项计划必须在彼德身上进行试验。西格玛，你也听着，不但不能让他消失，相反，还要保护好这个特殊的人类样本。必要的时候，我需要对这种样本进行复制。”

巨型屏幕下方又弹出西格玛的头像，他立即和罗他起身领命，举起左手弯曲的食指，表示无原则服从。

汉娜不容置喙地继续训示：

“这次地球上传来的警情，我们当然不能掉以轻心。但是，我相信，以我们宇宙霸主的地位，我们掌握的强大智慧力量和我们奥密伽 7 星人伟大的思想境界，相信能够让这次地球警情化险为夷。

“请西格玛先生和你的下属重新拟定一份应对地球警情的计划！我的话讲完了。孩子们，还有什么不同意见吗？”

各部门的巨型视频屏幕前的下方，同时出现了所有参与部门的小幅画面。从所有的小幅画面中可以看到，各部门首领和下属都在认真严肃地听取汉娜柔中带刚强势不二的训示，纷纷举起左手弯曲食指表示无条件服从。

在场每位首领头盔内的360度全息穿戴式VR视屏上，已经显示出珈玛计划的详细内容和各自应该负责的具体指令。

在地球上，彼德大脑产生的异常信息场以及奥密伽7星人监控他所产生的各种信息传输碎片，也引起三个国家的高度关注。

第十章　美国“火狐”

美国南部最大城市休斯敦，美国国家航空航天署指挥中心所在地。

在一座建筑顶部的圆形办公室内，负责与国际空间站联络工作的杰克正忧心忡忡地坐在一排呈弧形排列的通讯仪器前发愣。这一排 18 个显示屏，左边的 10 个显示屏就是与 10 个地球上的监控联络点联系的窗口。右边的 8 个显示屏，显示的则是从国际空间站 8 个不同工作岗位发来的最新信息，也是与国际空间站 8 个不同点位的联络通道。在这个控制中心里，需要24小时不间断地与地球各地保持联系，和国际空间站上每个点位的宇航员保持联系。在这些显示屏的上方，还有一个巨大的计时屏幕，上面的时钟分别展示的是地球上不同经度的地区时间、标准的格林尼治时间，还有按照空间站的任务计时时间。

导致杰克忧心忡忡是最近一连串的麻烦。为此，他的上峰已经多次对他提出警告和责备。

一周前，一艘“猎鹰9号”飞船，按照指令搭载着2.3吨物资，从佛罗里达州的卡纳维拉尔角空军基地升空。这艘飞船除了搭载科研设备外，还有国际空间站向航空航天署指挥中心提出的所需生活必需品。而这些生活必需品的清单则是地面控制中心根据记录整理后提供的。

当“猎鹰9号”飞船与国际空间站对接时，空间站里的宇航员个个欣喜若狂。然而，当他们看到这次太空货运飞船带来的物品时，只能叫苦不迭，哭笑不得。

这个时期负责与国际空间站联络的是杰克的助理凯特琳。她是杰克最得意的助理之一。但是，最近一个时期，她所监控的信息常常发生差错和误报。甚至因为误报，导致正在太空国际空间站的宇航员将投诉信送到了他的老板面前。

这也难怪，目前国际空间站上有4个国家的7名成员，联合执行一项任务。其中两名美国人，两名俄国人，一名来自加拿大，一名来自日本，还有一名来自法国。他们通常自带各种用于航空航天试验设备或者各种检测仪器。平时，每个国家的宇航员在空间站不同点位上进行自己国家所指令的各项科研项目，负责自己的那部分具体事务。但是，空间站的导航和基础设施操作是共享和互相分担的，指挥官通常在美国人和俄国人中间轮替。俄国人和美国人在工作期间一般都待在自己国家的区域，但是在用餐时间和休息时间会碰面。

这几天，他们碰面时最多的话题竟然是发泄心中的不满，抱怨美国方面关于后勤保障不及时，甚至像开玩笑一样的将配送物资的品种任意改变。

这导致他们每天都睡不好觉了，这可是宇航员最大的事情。在太空中生活，一切都变得和地面上完全不一样，尤其像睡觉这种寻常的事情。平时，我们可以根据光线的明暗判断是否可以进入睡眠状态了，但是，在太空中，特别在空间站里，舷窗外面永远是黑沉沉一片，宇航员安排自己的睡眠只能强制地依照时钟进行。

更为不同的是，在地球上，当你躺在床上时，双腿立刻就有了放松的感觉。在太空中，你绝不会有如此感受，只觉得自己永远处于一种飘浮状态。当然，这种飘浮还不是平躺那种，因为失重状态下你的身体可能处于任何一种姿态，甚至是头朝下，脚朝上，所以你永远不会找到在地球上双腿放松的感觉。以至于有些宇航员不得已用弹力绳索将自己固定在墙上，以求找回类似在地球上睡觉的感觉。

如果说，这些都属于不可抗的因素，而且可以通过宇航员用不同的方式克服，这次新来的那位俄国人萨沙，却让整个国际空间站的宇航员饱受折磨。萨沙每天的睡姿让空间站里的同事天天处于一种惊恐状态。

这哥们儿每天将手放在睡袋外面，让没有入睡或者半途醒来的同事看起来，简直就像一个下身裹着筒裙的芭蕾舞演员，在做着各种古怪姿势，有时候会让人惊出一身冷汗。为此，美国的宇航员集体要求美国国家航空航天署，尽快在美国宇航员的睡觉区域内安装隔舱板，像是飞机厕所般大小的小隔间，那样他们可以在躲在里面度过数小时安静的时光，不会被无线电、摄像头和控制中心的指令以及那位萨沙另类的睡姿打扰。

但是，这个要求已经申请数次后，美国国家航空航天署地面控制中心通过太空货运飞船送来的却是几个睡袋。这一下，所有的宇航员都哭笑不得了——原来一个人上演的惊悚芭蕾，到了睡觉时将集体上演。

空间站里没有为储藏食物准备的冰箱或冷柜，虽然有用作科研项目专用冰箱或冷藏设备，但是食物的保鲜与保存却不能占用那些冷藏设备或冰箱，好在为宇航员们准备的大多数食品是经过真空包装或罐装的。

宇航员喝的饮料大多是自己用处理过的纯净水加上脱水后的橙子粉冲调的橙汁。

这更是让美国宇航员受不了的，而且是直接导致他们向美国国家航空航天署总部投诉的起因。作为一处设施、一艘宇宙飞船或是一处太空的临时定居点，它拥有一套远比地球上任何一处水处理系统都复杂得多也精细得多的水循环系统。

比如，一名宇航员在周一早餐饮用了自己调制的橙汁，下午以小便形式排泄掉，再经过净化处理后，第二天重新用来冲调橙汁。但是，好像那套水处理系统出现了某些故障，宇航员在使用处理过的水冲制橙汁时，总有一种挥之不去的尿骚味。这几乎是一刻也不能容忍的事。空间站的美国宇航员也多次向美国航空航天署地面控制中心提出申请，但是，新的水处理系统迟迟没有运来。这段时间内，他们不得不忍受着尿骚味。不得已，美方宇航员提出，干脆下次运一些新鲜橙子。

然而，运来的却不是橙子，而是洋葱。这种在地球上切开后让人“痛哭流涕”的食品，到了太空，只能让宇航员望而却步。但是，总会有人敢于打破禁令。那天还是俄国哥们儿萨沙，他想在自己的大“列巴”里加上午餐肉和蔬菜，到处寻找找不到时，决定对大家望而生畏的洋葱下手。当他手持餐刀，切开洋葱的那一刻，洋葱里“催人泪下”的分子在空间站的各个舱室里到处漂荡，让几位宇航员共同分享了好几天的“泪流满面”。

凡是进入空间站工作的宇航员，一般会在上面生活6个月。如果没有及时地食品补充，没有安然入睡的环境，这对于生活在国际空间站的对宇航员来说日子会显得格外漫长——没有家人和朋友、没有新鲜食物、没有阳光或雨水、没有重力、不能沐浴——零重力环境下的排汗也让人感觉特别难受。在地球上，汗液会自己滴下来，而在太空中，汗液会黏在原处，例如手臂、头部和眼睛四周，汇集成的汗珠会飞向空中。在这种情况下，宇航员通常用大毛巾擦拭。因此，空间站里通常充斥着一股难闻的汗臭气味。宇航员每周只能更换新的衣服，换下的衣服作为垃圾处理。但是，这段时期他们却迟迟收不到货运飞船送来的干净毛巾和衣服，恶搞似的送来了袜子和毛绒玩具。当然，这些通过凯特琳接收和转达的空间站信息，连地面后勤部负责物资配送的官员也感到诧异——难道宇航员童心未泯，开始致敬童年时光？或者是因为太空寂寞，想借助毛绒玩具寻找童年情趣？

其实，太空并不算寂寞。尽管空间站内设有电话，宇航员在空闲时可以打给任何人。他们的家人也有安装特殊程序的 iPad，可以相互进行视频通话。宇航员也会接受两周一次来自美国航空航天署心理学家的评估。

但是，所有这一切都很难抵消最近一段时期美国航空航天署地面控制中心与空间站之间近乎恶搞似的联络，以及这些沟通信息差错所导致的生活必需品得不到保障的烦恼。

其实，平心而论，真的错怪凯特琳了。

首先是那些分布在地球不同监测点的成员，连续截获来自空间站发来的信息，根据这些信息分析，有一种疑是来自茫茫太空的奇怪信号，像是外星人造访地球上的人类，但是，更像是地球上发出的类似与外星球的联络信号。这种奇怪的信号时强时弱，其加密系统设置了多层安全防火墙，几乎很难动用当下的超高速计算机进行破译。

这段时间以来，更要命的是，这种奇怪的信号直接干扰了空间站与地球之间的正常联络，甚至会强行进入美国航空航天署的讯号系统，导致正常的通讯联络信息变得面目全非。所以，将需要橙子误听为需要洋葱，将需要加上隔板，变成了需要更多的睡袋，将需要毛巾变成了袜子……

凯特琳无意为自己的过错解辩，她将这段时间不同时间点接受的信息汇总起来，与错误或者受到干扰后的信息进行对照，并将这种诡异的现象如实向杰克做了汇报。自此，一次冤枉的失误，揭开了外太空与地球之间诡异信息干扰的序幕。

杰克收到凯特琳的汇报后，半信半疑，决定亲自跟踪一次星地间的通信。经过连续24小时的全天候跟踪，杰克发现，不仅是美国航空航天署地面控制中心与空间站上往来发送的信息受到干扰，就连美国航空航天署地面控制中心与分布在地球不同信号点之间的联络也出现的严重的信号干扰。而且，这种来自地球上的干扰信号离美国航空航天署地面控制中心的距离很近。

让杰克忧心忡忡的另一个重要原因是，今年为了确保美国航空航天署地面控制中心与国际空间站之间，与更深远的外太空之间乃至近地之间通讯的保密、快捷和高清晰度，刚刚投入了数十亿美金建立了一整套一体化的光纤射频与无线电混合通信系统，这是迄今为止最先进的激光通信手段。可以说，任何干扰信息想进入这套系统的可能性微乎其微。眼下连连出现的这种信号干扰，是新上马的这套混合射频光学系统出现了问题，还是来自外太空或是地球某个角落的神秘信号入侵，将关系到未来杰克是否在这一领域内能够继续受到重用。这次凯特琳意外受到诡异信号干扰所导致的失误，上峰却唯自己是问啊，他也深深感受到上峰对自己专业水准的质疑。

看来，继续依靠目前的这套光电射频混合系统，还免不了受到类似信号的干扰。他决定，要求全组成员紧急启动太空中子信息跟踪系统，必须尽量跟踪破译这种奇怪信号，弄清其真实的属性和来源。同时，他连夜起草了一份建议报告，按照绝密情报的加密要求，向美国航空航天署“猎鹰”汇报了这个异动情况。这么做，一则体现自己恪尽职守的敬业精神，再则，也利用这份报告中大胆的建议展示自己的专业水准。

他在这份建议跟踪、破译诡异信号的行动计划书的封面上写下了“火狐计划”四个大字。

第十一章　中国“大觉”

中国北京中关村，是中国科学院各种学科研究所与中国高等学府的聚集地。在中关村大道的东侧，有几幢灰色四层小楼围成的大院，门口霸气内敛的黛色花岗岩上镌刻着“中国科学院记忆研究所”。这个外表看起来不起眼的研究所，它的地下可是另外一番天地。地下三层的一间实验室内，有一台“候风灵动仪”，是上世纪中国研究记忆的专家，根据东汉时期科学家张衡发明的世界上第一架预测地震的仪器“候风地动仪”创造的。

如果说，“候风地动仪”是预测地球上地理概念的地震的话，这台精巧的“候风灵动仪”则能准确地预测到地球上人类思想活动的任何特殊波动，进而取得大量信息与数据，研究人类在不同时期对某种事物的不同感受，并从中搜集数据进行分析，供研究增强人类记忆功能时参考。

这台“候风灵动仪”最神奇之处在于，比之那些“脑机互动”的实验而言，它不需要任何电极与之相联，却能精确地预测到任何一种思维引发的异常磁场或者脑电波。

虽然人类思考时产生的脑电波的能量极其微弱，但是，这只是相对于普通人而言。因为，人类生而具有数以百亿计的大脑神经元。由于每个人身上都有一定的磁场，人在思考时，磁场会发生改变，形成一种生物电流通过磁场，科学家通常将其称为脑电波。

脑电波也是一种电磁波。人脑在思考时，就会像一个电视台或者是电台一样不断向外发射脑电波信号。这台“候风灵动仪”能从脑电波中分离出思维信号、视觉神经信号、听觉神经信号，甚至可以将思维信号转换成声音、文字和图像。

这是指接收普通人在思维时大脑所发出的电波信号

而言。但是，如果一个人的大脑处于特别活跃，尤其是出现超出常人数倍及至数百倍的思维能力时，其大脑所发出的电波信号将以几何级数的方式增长。而且，这种脑电波信号不受任何物质的干扰和阻碍，可以穿越厚厚的钢板，穿透高山崖壁，甚至可以直接穿越太空。

正是基于这种科学理论，早在半个世纪前，中国科学院记忆研究所资深心理学和人类记忆遗传学的领军人物吴岳教授，率领他的团队，历时三年，研制并完成了人类历史上唯一一台可以超远程接收和监测人类思维异动的精密仪器，并命名为“候风灵动仪”。

这台“候风灵动仪”在精密、恒温、恒湿的实验室里，静静地坚守了半个多世纪，从来没有出现过异常。导致这么多年来，一直有人怀疑它的设计是否合理，是否具备如此神奇的功能。

这段时间以来，吴梅和雒小丹负责值守这台仪器。她们师从吴岳，进修人类记忆遗传学研究的博士后。吴梅是吴岳的孙女。她们向导师李国挚汇报说，最近这台精密仪器时常发出预警信号，但是，由于这些信号几乎稍纵即逝，所以记录仪却只捕捉到星星点点的几帧特别的电波曲线。大概是因为信号强度太弱的缘故，记录仪上甚至都看不清楚曲线的具体形状。

李国挚教授也是这个项目的负责人。他接到吴梅的汇报后，决定亲自值班，观察这台仪器的异动情况。他在仪器旁边架起一张折叠床，准备24小时不间断地观察。他的几位年轻男助理也在办公室里“安营扎寨”，准备随时接替他。

说来也怪，连续跟踪观察了三四天，这台仪器竟然又陷入静默的状态，让男助理们有点沉不住气了。第二天，他们把吴梅、雒小丹找来揶揄道：“不会是你们找不到男朋友，情绪波动导致的吧？”

雒小丹是十分要强的女汉子，听到同事的调侃，主动向李国挚教授提出：“李教授，今天我和小吴也参加值夜班吧。这几个懒鬼大概是看球赛看累了，夜里都睡着了。那些诡异的信号是稍纵即逝的。”

雒小丹的请缨让李国挚感到有点汗颜。前两天，他一丝不苟地盯着仪器的屏幕和打印端，但是，随着前两天仪器悄无声息，他似乎也有点懈怠，昨天凌晨控制不住眯了一会儿。会不会那一瞬间遗漏了异动的信息？但是，细想起来，不会啊，打印端只要接收到异常信号，就会自动记录下来的。

不过，再想想几位助理跟着自己几天几夜连轴转，自己也有些于心不忍。自己和老婆、孩子、岳父母生活在一起，孩子也大了，可谓无后顾之忧。这些男青年，有的正处在恋爱期间，有的补修博士课程，就让他们稍微休息几天吧。当初没有让小吴和小雒值夜班，是因为考虑到夜间和女孩子一起值班不方便。

整个晚上，那台“候风灵动仪”还是如往常一样悄无声息，各种颜色的指示灯在诡异地闪烁，冷却风扇以静音的模式运转着，打印端一直处于正常状态。

凌晨时分，仪器的低频率运转声，像富有魅力的催眠曲，让几天几夜未合眼的李国挚，觉得睡意袭来，只要眼皮合上，就立马会进入深睡眠状态。潜意识中，他叮嘱自己必需挺过这一关。两位女博士在办公室准备随时接替自己，但是，夜这么深了，他真不想折腾两个女孩子。

突然，一阵尖锐的蜂鸣声响起，打印端启动了。他立即起身走向“候风灵动仪”。

从监测记录纸上可以看出，这是由一种非常奇特的波形峰线组成的预警信号。凭他多年监测这台仪器的经验和专业知识，对照图谱，他怎么也无法解读出这种波形代表着什么。一时间，极度的兴奋让他的睡意烟消云散。

他暗自庆幸，自从担任监测专家组组长后，已经在这个岗位上兢兢业业地坚守了二十多年。二十多年来，他和这台仪器一样，除了默默无闻还是默默无闻。眼下，他正是晋升副所长呼声最高的人选之一，这个情报的出现对他来说，不啻是一个利好的消息。他没有立即叫醒吴梅和雒小丹，而是默默感谢她们。难道她们的背后有神灵辅佐？

第二天一上班，他带着那卷长长记录纸，来到杨所长的办公室，汇报了昨天夜里监测到的情况。

杨所长也是记忆领域的专家。当他看到记录纸上那些奇异的曲线时，也震惊了。

这么多年来，虽然“候风灵动仪”没有任何异常反应，但是，对于人类大脑正常的脑电波的研究，他还是有极其深厚的造诣。显然，这份记录纸上记载的脑电波曲线，绝非从正常人大脑中发出的信号。再仔细端详，在这些奇异曲线的上下左右，还隐隐约约地缠绕着一些更加奇特的曲线。可以肯定的是，这些曲线绝对不属于人类大脑发出的电波。这种电流在记录纸上留下的痕迹不仅幅频超大，幅峰超高，而且在曲线运动的同时，还伴有多方向、放射状的细小曲线在主曲线周围不规律地颤动。

“太不可思议了！太不可思议了！”杨所长自言自语地连说了两遍。再看看面前的李国挚，也是兴奋中带着茫然。

“国挚，你给吴岳教授打个电话，看看他能不能到所里来一趟。”

吴岳是这台仪器的设计者，现在年近百岁，正在家颐养天年。虽然他是百岁老人，但仍然思维清晰，步态矫健。

清晨，吴岳打完太极，吃完早饭，沏上一壶茶，在书房里品读古籍善本。

书房的电话铃响了。吴岳小心翼翼地放下书，拿起电话：“哦，小李子啊，什么，有特别情况，你也说不清楚？噢，杨所长请我过去一趟？好的，好的，我有空。”

听说自己研制的“候风灵动仪”沉寂了半个多世纪后，终于接收到奇异的信号，而且出于非人类大脑，这个信息让吴岳兴奋不已。李国挚是他的得意弟子，竟然也说不清楚，就更加富有挑战性，更加具有科学价值了。

正当吴岳沉浸在兴奋中时，老伴在门外喊道：“老吴，所里的车来接你啦！这么一大早去哪儿？”

“所里的设备发现了新情况，我得去一趟，中午不回来吃饭了。”吴岳清楚地意识到，此去绝不是三两句话就可以解决的。

“别忘了把药带上。”老太太将常备的小药盒塞给匆匆出门的吴岳。

其实，吴岳的住处就在离研究所不远的家属楼，汽车很快到达。李国挚赶紧跑下楼迎接吴岳。

在楼梯口，李国挚刚想伸手搀扶，吴岳颇不以为然地推开他的手，潇洒地说道：“我能行！”说完，他像年轻人一般，健步如飞，来到四楼所长办公室。

办公室内，杨所长和李国挚的助理，还有吴梅，早已恭候多时，准备聆听老教授的解读。

面对记录纸上的奇特波形，吴岳意味深长地说了句“终于出现了！”

弟子们似乎感觉吴岳找到答案了，纷纷询问。

吴岳亢奋地说：“我虽然不能正确地解读出上面的信息，但是，有一点可以肯定的是，我们在人类记忆方面的研究将会取得突破性进展。这些信号中有一部分是人类记忆发生突变的轨迹。当然，还有许多不可知的波形，可能来自外太空。可喜的是，这些异形波线也从另一个角度证明了我们这台仪器的先进性和灵敏度。谢谢你们让我老龙归旧窝，继续跟踪监测。我建议立即上报院领导，协调各路专家，成立专案研究组，有需要随时通知我，和你们一起研究和探讨。”

现场一片掌声。

吴岳抑制不住内心的喜悦与兴奋，说道：“可以毫不夸张地预想，这次根据‘候风灵动仪’捕捉到异动信息的专案研究，将会让我们在人类记忆遗传方面大彻大悟。如果成立专案研究组，建议这个专案组代号为‘大觉’吧！”

全场响起了更加热烈的掌声。

在吴岳的建议下，杨所长当即指派由李国挚负责，立即上报中国科学院领导，并协调相关单位与机构成立专门课题研究组。

一个由中国科学院记忆研究所牵头，联合中科院天文所、物理所、遗传所等十多个专业研究所以及北京大学、清华大学、南京大学、复旦大学、山东大学、中山大学等十多所高校记忆遗传学、优生学、生物学、教育学以及研究易经、玄学的各路专家组成的“大觉专题团队”，立即投入到跟踪、分析、模拟这种信息的秘密工作中。

第十二章　埃及怪音

文明古国埃及，也接收到类似的奇怪信号。

埃及首都开罗西南约10公里的吉萨高地最大的胡夫金字塔，是世界上的人造奇迹之一，被列为世界七大奇观的首位。于公元前2760年，古埃及第四王朝、第二代法老胡夫兴建。

据说，胡夫金字塔原高146.5米，由于几千年的风雨侵蚀，塔身矮了一大截，现在高度只有138米，几乎矮了三层楼的高度。尽管数千年来历经岁月沧桑，这些没有借助任何黏合剂直接叠放起来的石头，仍然完全依靠自身的重量堆砌成强有力的建筑，其表面接缝处严密得连一个薄刀片都插不进去。

这天，胡夫金字塔管理处主任艾塞亚像往常一样，登上北壁第十三级石阶。这是距地面约二十米高的一处入口。穿过 4 块巨大的石板构成的“人”字形拱门，往里走一百余米长的坡状隧道直达墓室。墓室内仅有一具深褐色大理石石棺，棺内空空，棺盖早已去向不明。

当艾塞亚登上墓室上方第五层房间，清晰地听到一阵阵奇怪的蜂鸣声。起初，他怀疑是自己因为劳累过度引起的幻听。因为墓道通常不允许游客进入，更别说进入墓室上方的第五层。这种蜂鸣声时有时无，既不像机械设备噪音，也不像无线电波。有时候这种蜂鸣声听起来让耳朵很不舒服。他知道，人的耳朵通常能够分辨的声音频率只在 20 赫兹到 2000 赫兹之间，低于或者超过这种频率的声音，不仅不能分辨，听到以后会产生一种很不舒服的感觉。眼下正是那种超过 2000 赫兹频率产生的声音，因为低于 20 赫兹频率的声音会让他觉得胸口沉闷。有时候这种声音的分贝竟然高达 150 分贝以上，类似喷气式飞机起飞时的轰鸣声。

第一天，这种声音断断续续地持续了大约一个小时。

艾塞亚也没有当回事儿，只是照例将墓道内的温度、湿度、空气洁净度和相关数据作了记录。这是他每天的例行工作。二十多年来，他一直如此。

第二天，这种怪异的声音只是短暂地出现了两次。

然而，第三天他登上墓室上方第五层房间时，这种声音越来越强。今天，他有备而来，带来一台家用的小型录音机，将这些奇异的声音录制下来。

下班前，他带着录制的奇异，敲响了埃及古迹委员会主席乌纳斯办公室的门。

“孩子，你今天怎么有空来看我这个老头子啊？”

乌纳斯是年近九旬的慈祥老人，虽然如此高龄，却破例担任埃及古迹委员会主席要职。因为这个职务需要通晓历史、文物以及古迹保护专业的复合型人才。再则，这项工作刻板寂寞，别说年轻人，就是中年人也干不了一年半载，就打报告请辞了。

见到慈祥的乌纳斯还在兢兢业业地工作，艾塞亚右手贴在胸前，恭恭敬敬地向法老行了个大礼：“乌纳斯主席，我有一件重要而奇怪的情况向您汇报。”

见艾塞亚一脸严肃，乌纳斯赶紧将他请进办公室。艾塞亚在这里工作了二十多年，还是第二次来这间办公室。第一次还是他升任胡夫金字塔管理处主任时，乌纳斯在这里和他进行一次长谈。乌纳斯语重心长、不厌其烦地向他强调保护这座金字塔的神圣使命，也事无巨细地向他交代了养护这座金字塔时需要执行哪些惯例。最后，乌纳斯郑重地将胡夫金字塔管理处主任的聘书交给他。

二十多年了，再次走进这间办公室，竟然还和以前一样。这里与其说是办公室，还不如说是小型博物馆。这里陈列着古埃及从史前时期至古希腊、古罗马时期的雕像、绘画、金银器皿、珠宝、工艺品等。在正中间的墙壁上，有一个拱形的壁龛，壁龛的内壁上，是一尊法老的浮雕。壁龛正中的金色搁架上，供奉着一支银光闪闪的银杖。据说，它是乌纳斯的传家之宝。

进入如此庄重肃穆的办公室，艾塞亚不敢贸然入座，他拿出小型录音机，请乌纳斯仔细辨听这种奇异声音。

“尊敬的乌纳斯主席，这是我最近几天在胡夫金字塔第五层房间听到的奇异声音。请您辨别一下，这是什么声音，来自何处。”

说完，艾塞亚摁下录音机的播放键。奇怪的事情发生了，明明在墓道内录完以后，他还反复听了几遍，怎么在这里只能听到录音磁带“咝咝”的走带声？

不得已，艾塞亚只能将这几天自己时不时听到那种奇异声音的情况向乌纳斯作了详细的描述。

听到艾塞亚的描述，乌纳斯若有所思地点了点头。

他和艾塞亚约好，明天一早和他一同聆听那些奇异的声音。

送走了艾塞亚，乌纳斯陷入了无尽的沉思。

“根据艾塞亚的描述，这一定是来自外太空的信号。因为在地球上任何地方的声音信号，都不可能穿透厚厚的金字塔石壁，让金字塔内的人仅凭耳朵就可以听到。如果这是来自外太空的某种信号，是不是……”

乌纳斯慢慢走向壁龛，伸出手，轻轻地抚摸着那柄银杖，想起先辈留传下来的那个秘不示人的玄机——带着这柄银杖，可以在胡夫墓道内接收来自太空的信息。难道，让自己赶上了这个天赐的良机？

想到这，乌纳斯心绪难平。他再次轻抚着银杖，口中喃喃自语：“明天和艾塞亚进入墓道听听再作计议吧！”

第二天，当阳光洒满大漠的时候，金字塔身披阳光，背衬金色的晨曦，显得巍峨雄奇。

清风徐拂，是个好兆头。艾塞亚早早地来到了胡夫金字塔旁，恭候乌纳斯到来。

乌纳斯和艾塞亚来到第五层房间。艾塞亚让乌纳斯在塔顶下方站定。

乌纳斯已经无数次进入胡夫金字塔了，但是，站在这个特定的位置上，他还是头一次。

没过多久，他清晰地听到一阵阵奇怪的蜂鸣声。

正如艾塞亚描述的那样，这种奇异的声音听起来让人有一种很不舒服的感觉，要么是高频的呼啸声，要么是低沉的轰鸣声，那种轰鸣声不亚于站在喷气式飞机起飞前的引擎旁。

乌纳斯凭借自己多年研究古生物和太空生命的经验，怀疑这是一种与外星球生物的某种思维气场相关的音频信号，或者是与人类的某种超强思维脑电波相关的信号。奇怪的是，当艾塞亚将录制的音频文件再次打开时，又能清晰地听到昨天录制的声音了。他再次摁下录制键，把今天听到的奇异声音录制进去，倒带，回放，他们都可以清晰地听到刚才录制的声音。

乌纳斯在塔顶下方反复聆听后，和艾塞亚返回办公室。

乌纳斯立即拨通了开罗大学数字通信研究院凯恩教授的电话。凯恩教授是拥有数字通信专业和人类思想发展史专业的双料博士。

“凯恩教授，你能立即来我这里一趟吗？”

“尊敬的乌纳斯主席，您找我有事吗？”

“哦，孩子啊，这件事在电话里好像说不清楚，你要是方便就尽快到我这来一趟吧！”

在凯恩教授心目中，乌纳斯是德高望重的前辈，他经常在研究古埃及历史的时候，遇到这样那样的难题，通常会向乌纳斯寻求帮助。

今天，乌纳斯一大早邀请他，坦率地说，能够进入乌纳斯办公室就是一种荣幸，更别说乌纳斯这么急切地邀请他前往，一定是有特别重要的问题探讨。

凯恩教授不敢怠慢，驾车直奔大漠，来到乌纳斯办公室。

当乌纳斯让艾塞亚按下录音机的播放键时，奇怪的现象依旧，只能听到“咝咝”的走带声，录制的声音全都消逝得无影无踪。不过，这次还能听到更加嘈杂的“嘎嘎”噪音。

乌纳斯决定带凯恩教授进入胡夫金字塔内，现场聆听那些奇异的声音。

反复听到这些奇异的声音后，也激起了凯恩教授莫大的兴趣。他请乌纳斯出具进入胡夫金字塔的特别通行证，带领自己的几位博士生，在胡夫金字塔中不同的位置，安装高分辨音频的录音装置，确保随时记录这种奇怪的声音，全天候不间断地监测、监听。

一场没有硝烟的破译记忆遗传密码的高科技争夺战，在中、美、埃及以及奥密伽 7 星球间即将展开。

第十三章　神器失效

彼德超强记忆能力的突变所产生的脑电波、磁场、次声波以及量子纠缠现象引发的“幽灵般超距离作用”——不论两者相距多远，哪怕各自在银河系的另一端，也能由一方的粒子状态直接影响到另一方粒子的状态。这种看似微乎其微的影响，却像“蝴蝶效应”一样，呈愈演愈烈之势。

这一切彼德并不知情，他还陶醉在拯救同学的得意之中。

他忙乎了大半夜制作成的金属片，竟然帮助两千名同学在学科短板上找到了学霸的感觉，逼迫校长也无奈地向校董事会请示。

这所百年老校有 7 位校董，其中 3 位兼职任教，另外 4 位不在当地。想要当天召集会议肯定是不可能的。另外 4 位校董放下手中的工作专程赶来，最快也得到明天。

无奈之下，校长米娅将校内的 3 位校董请到办公室。当他们看到操场上两千多名学生躺在草地上，用身体拼出“所有学校都应该消亡”字样时，个个面面相觑。

“各位校董，今天就算是一次特别的校董会吧，你们看看，这些孩子想干什么啊？逆天啦！快作个决定吧！”米娅气急败坏地向 3 位校董带着哭腔祈求着。

副校长科比是少壮派，他强硬地建议：“既然这些孩子不想上学，好啊，就让他们回家好好等着！”

胖胖的埃玛也是校董，她却忧心忡忡地建议道：“对这些孩子恐怕不能这么放纵，娇惯坏了再收拾就难了。”

米娅听到科比的狠话，内心是赞同了，听到埃玛的担心，她不便于反驳，一则因为埃玛和自己同为校董，这是自己临时召开的校董会议。另一个最大的顾忌是，自己告老退休后，埃玛将是继任者，退休后的生活还仰仗她。

“不让这些孩子吃点苦头，他们不知道深浅！埃玛老师，这个烂摊子，就交给你来善后吧！”

科比仍旧坚持强硬的态度，同时，他又不失时机地将麻烦推给埃玛。他也是继承校长职位的竞争者，看到学生们这么闹事，他真的一点都不嫌事大，甚至还有点唯恐天下不乱。

这是一个烫手的山芋。校长米娅息事宁人地打圆场道：“放他们几天假也好。一则等其他4位校董来，再商量对策；二则开学没几天，就算开学晚几天吧，教学计划又没有被打乱。不过，不过毕业班放了假，影响就大了。”

埃玛也妥协了。校董临时会议不得不做出放假一周的决定。

彼德初战告捷！

但没想到的是，学生虽然获得放假一周的待遇，老谋深算的校长却附加了一个条件，要求学生在一周的假期内，必须完成家庭作业和自我测试题。

不料，很多学生回去后，做了一部分作业和自我测试题后，第二天就感觉失去了“超能力”，学科短板又像拦路虎一般出现了。

第二天，卢卡斯就叫上贾斯汀、卡莱一起来到彼德家门口发难：“彼德，你出来！收回你的破玩意儿！”

“彼德哥哥，咱们还是上学吧！你的‘记忆神器’已经失效了！”卡莱哭丧着脸央求彼德。

正在屋里看动画片的莉莉和伊娃，赶紧拿出教科书试了试，也发现找不到那种自信和学霸的感觉了。伊娃伸头看了一眼站在门口的三个男孩子，一脸声讨的架势，悄悄跑到彼德身边：“彼德哥哥，你的‘记忆神器’失灵了，咱们去看看其他同学吧！”

既然伊娃这么建议了，彼德只好上楼跟妈咪商量。

这两天依莎贝拉都在家，她为自己出演的一部新剧阅读剧本，熟悉台词和唱段。

“妈咪，今天能送我们去学校吗？”

“不是说好要放假一周吗？”依莎贝拉有点“幸灾乐祸”地反问道。

“不，哦，是，哦，今天还是要去一趟学校，谢谢妈咪！”

彼德要去学校，当然是依莎贝拉乐见的事情。她放下剧本，简单拾掇一下，开车把6个孩子送到了学校。

虽说今天放假，但是，早就有学生老老实实地回到学校了。他们都是得到“记忆神器”的同学。他们认为自己一天就能全部完成家庭作业，可以痛痛快快地疯玩五六天。谁知道，今天早晨就发现，那种神奇的能力荡然无存。如果继续在家待上一周，不但家庭作业完不成，可能连补课都来不及了。好在同学们都可以通过网络和学校的 BBS 随时沟通，相互约好，不能再放假了，去学校，去声讨彼德。

彼德和同班的几位同学来到学校，操场上以佐伊为首的一大群同学早就严阵以待，就等给他一顿臭骂了。

校长米娅已经批准老师放假一周去处理个人的私事，她亲自值班。此时她意外地发现，很多学生又来到学校。

再仔细看看，一群学生正围着彼德激动地嚷着什么。有些同学嚷到激动时，甚至和彼德有了肢体接触。

“淘气的孩子又搞什么鬼？我得下去看看！”

米娅悄悄站在人群外面，通过学生的声讨，她终于听明白了。

昨天，那些学生表现出的超强耐力，是因为彼德鼓捣了一个“记忆神器”，这才使得他们如此优秀，如此狂妄，集体高呼“所有学校都应该消亡！”然而，这张小金属片在 24 小时后就失去了神性。

这就是为什么有这么多学生不敢在家休假而来上学的原因。

声讨彼德的行动越来越激烈，有人骂他是骗子，有人冷嘲热讽地说他只是一个并不高明的“魔术师”，把全校同学当成道具耍了一回。当然，本来学习成绩就差，得到“记忆神器”后回家在父母面前卖弄了一个晚上，第二天就原形毕露了，甚至还挨了家长的一顿胖揍。

米娅看到学生们的情绪越来越激昂，此刻再不出面制止，可能会酿出更大的事故来。

她分开众人，威严地说道：“住手！听我说，你们不要错怪彼德同学，要问问你们自己，究竟在学习上下了多大的工夫。想要在学习上出人头地，只有脚踏实地，老老实实地下苦功，别再相信什么‘记忆神器’了！”

米娅的一番话说得学生羞愧得无地自容。

学霸佐伊代表学生向米娅表态：“这也怨不得彼德同学，他也是好心想帮助大家，只不过他的努力只获得了昙花一现的成就。学习的道路，还得靠自己走！”

见学生被自己的三言两语说得幡然醒悟，但即使开课，很多老师已经回家了，于是米娅临时决定，今天将到校的学生集中起来，由自己给他们上一堂关于人生励志课。她将以自己一生从教，直到担任校长的经历，和同学们一同分享，也算是给自己的教育生涯画上一个圆满的句号。

全体学生在操场上席地而坐。米娅给学生们讲起了自己踏进这所学校后的点点滴滴。

此刻，最难受的人是彼德。他幻想着，为什么不能让更多的同学像自己一样，生来就能把祖辈们的专业知识当成遗产继承？为什么每个人都要耗费自己最宝贵的十多年时光去该死的学校学习？自己鼓捣出来的金属片虽然失败了，但是，毕竟在24小时内显现出了功力。今天晚上一定要手捧阿福，默念《汤头歌诀》，问问这是怎么回事。

原定放假的一周，又像往常一样，学生们不敢奢望再有什么“记忆神器”了，循规蹈矩地上学、上课。

这一周，彼德反复进入无为记忆空间，反复试验制作不同的记忆载体，还偷偷地请伊娃配合试验。

幸亏有死党伊娃，这两天为了帮助彼德试验出长效“记忆神器”，她每天都在经历着“冰火两重天”的不同撕扯。

在“记忆神器”的有效时效内，伊娃却要夹紧尾巴做人，尽管能量无限，却要装成傻傻的样子。她仿佛特别容易招来老师提问，当她在课堂上回答老师的提问，明明很清楚，却故作姿态，磨磨蹭蹭，最后才说出答案。有时，还要故意说错点什么，以尽量掩饰“记忆神器”的作用。

这一周，彼德每天晚上总是忙到大半夜，第二天又期待着伊娃的实验结果。屡战屡败，屡败屡战。然而，“记忆神器”的功效好像总是超不过24小时。

第十四章　不速之客

不速之客造访一周后，依莎贝拉开车来到学校准备接三个孩子回家。她刚在附近停好车，手机就响了。一个陌生的电话号码。接听后，电话中传来一个礼貌的女性声音：“您是依莎贝拉女士吗？我是CIDC的索菲亚。”

依莎贝拉想起上个星期天出门前在自家门口的情景。她同样礼貌地回应道：“哦，索菲亚女士，你好！”

说话间，就看见不远处索菲亚带着一

男一女两个年轻人向她走来。

“依莎贝拉女士，来接孩子回家，是吧？”索菲亚热情地与依莎贝拉攀谈。

依莎贝拉看得出来，他们是有备而来，应该是为了上次没能展开细说的事儿，是关于邀请彼德做 TED 巡回演讲的事。面对索菲亚的热情，她无法拒绝，只能报以友好的微笑应答道：“是啊，接孩子回家，三个呢！”

“任务不轻啊。赵亚文先生呢？”

依莎贝拉对索菲亚的记忆力略感吃惊，不过，一丝淡淡的自我满足感让她为这位不速之客多打了几分，拉家常式地聊了起来：“他啊，忙起来不着家。”

“你真是伟大的母亲，优秀的妻子！”索菲亚不失时机地抓住这个话题，为自己的奉承作注解般地夸赞道：“我看过你饰演的歌剧《卡门》，那一大段咏叹调太棒了！”

很显然，为了和依莎贝拉套近乎，索菲亚做足了功课。

说话间，莉莉一手挽着伊娃，一手拉着彼德向依莎贝拉走来。索菲亚抢先热情地向他们打招呼：“你们好！”

依莎贝拉开心地向三个孩子张开双臂迎了上去。

莉莉和伊娜一边一个挽住了依莎贝拉的手，彼德特别暖男地接过依莎贝拉的大坤包。一股暖流弥漫在依莎贝拉的心头。

依莎贝拉指着索菲亚对三个孩子说道："快叫索菲亚阿姨!"

三个孩子上次也见过索菲亚，礼貌热情地叫了声阿姨。

索菲亚把伊娃拉到身边问道："我听说，这几天彼德在学校闹的动静不小啊。"

此话一出，在场的人都深感震惊：她怎么知道彼德在学校里干的那些事呢?

反应最强烈的当数彼德。一种暂时成功的得意、遭遇失败的羞辱统统被这句话勾起来。

不过，这件事情妈咪暂时不知道，千万别让这位消息灵通的阿姨说穿了。想到这，他赶紧热情而略带讨好地对索菲亚说道："索菲亚阿姨，您怎么知道这么多啊?"他一边谄媚地说着，一边使劲给索菲亚使眼色。

索菲亚却故意装作没有看到，心里却暗自得意：自己的第一招就赢得了彼德的关注，今天，她的目标就是要"拿下"他。

"彼德，你真是有出息、有担当的小男子汉!"

其实，索菲亚这句话是想为下一句话做一个铺垫，没有想到，伊娃急着抢话：

“是哦，是哦。彼德哥哥那么优秀，还想让同学也优秀。但是，今天那些尝到了学习进步甜头的同学们，不但不知道感恩，还集体跑来怪罪彼德哥哥。不就是‘记忆神器’还有一点点小问题吗！”

听到伊娃这番话，彼德只能无语了。刚堵住索菲亚的嘴，没想到这个胖丫头却不打自招地供出了实情。

眼前这几个人演的是一出什么戏码，其实演员出身的依莎贝拉心里跟明镜似的清楚。她正担心儿子为制造“记忆神器”闹得上上下下都造反似的不想上学了，没想到剧情大逆转，不但没有达到儿子期待的“所有学校都应该消亡”，相反，大概因为他的“记忆神器”失灵，还遭到同学集体声讨。本来嘛，几岁大的孩子，就能造出“记忆神器”来？笑话嘛！

依莎贝拉太了解儿子的秉性了，在这种公开场合下揭他的短处，简直比让他下地狱还难受。所以，她也装作不经意地姑且听之。

对于索菲亚而言，原来设计的台词被伊娃一插话，再也接不上了。这个小胖丫头已经说漏了嘴，把彼德最想隐瞒的事情不经意地在妈妈面前揭晓了。面对由自己引发的尴尬，她只能采取转移话题的方法。

索菲亚像突然想起什么，热情地向三个孩子提出：

"好孩子，今晚想吃点什么？说吧，阿姨请客！"

依莎贝拉心中暗忖，什么时候说一起吃晚饭了？上来就自设前提地问孩子吃什么？

三个孩子没想这么多，不假思索地抢答。

"肯德基。"伊娃第一个喊道。

莉莉打断她："再吃，你就更胖了！还是吃烧烤吧。"

彼德也从尴尬中解脱出来，毕竟妈咪没有追问"声讨事件"。但是，他有点费解的是，这位素昧平生的阿姨为什么要请他们吃晚饭呢？

正犹豫间，听到依莎贝拉婉言谢绝了："索菲亚女士，不用客气啦！孩子们等着回家吃我包的饺子呢。"

索菲亚愣了一下，随即回应道："啊，你也学会做中国的饺子啦？吃饺子，好主意！既然孩子们想吃饺子，也勾起我的食欲了。不如我请客，咱们一起找一家中国餐馆吃饺子！"

说完，她看了看两位助手。两位助手也兴奋地附和道。

索菲亚真诚地拉着依莎贝拉的手解释道："依莎贝拉女士，上次冒昧登门，没来得及和您商量，今天就给我个机会吧！"

不知道由于索菲亚的真诚，还是依莎贝拉对自己包饺子手艺信心不足，她竟然下意识地接受了这份邀请。

两辆车一前一后驶向购物中心的中国餐馆。

奥密伽 7 星球安全总部。

西格玛了解汉娜法相的处事风格，更清楚她在王国里的权威性。当然，他也深深地为自己设计的珈玛计划格局太低自惭形秽。细想起来，这几天自己被接踵而至的负面情报引发的负面情绪，作为资深安保部首领如此冲动显得没有城府。再说，目前的势态还没有到不可控的地步。

当年，他接手父亲的职位时，父亲曾经和他做过一次长谈。

“孩子，安全保卫工作最不起眼，但是，对安全威胁最大的风险就是那种看不见的思维异变。就说珈玛人与奥密伽 6 星人争夺蓝色星球吧，他们凭借第四维度的思维模式，居然能够聚焦起 5500℃ 的超级高温能量。我们发起的‘双龙卷风’模式，也完全依仗珈玛人第四维度思维模式转化成的超强气流。所以啊，真刀真枪并不可怕，最可怕的就是高级生物思维的异动。那种高级生物在思维异动的情况下所产生的各种磁场、脑电波以及次声波将会像‘蝴蝶效应’一样，只要一只蝴蝶轻轻扇动翅膀，就将在万里之外，甚至让太空深处都激起超过龙卷风数百倍威力的激流气旋。

“我们占据奥密伽6星后，将其更名奥密伽7星。为了防止奥密伽6星人向海洋竭泽而渔似的索取能源的悲剧再次重演，汉娜经过女皇首肯，决定向地球投放一种叫做‘人类’的生命物种。他们在对人类大脑设计时只考虑了如何更多地攫取智慧能源，殊不知，这也为未来的奥密伽7星的安全埋下了极其危险的祸根。

“他们设计的人类大约有几百亿个脑细胞，每个脑细胞大约有几百条脑神经，每条神经上大约有几百个突触，每个突触有几百到几千个蛋白质，一个脑细胞的作用大约相当于一台巨型计算机，一个突触的作用相当于计算机的一块芯片。可以很简单地推算出来，人的大脑相当于上千亿块或上万亿块芯片的联合体。

“由于人脑是超级巨大的运算系统，所有突触以及每个突触上的所有蛋白质，都可以瞬间同时运动，蛋白质之间只有几纳米距离，电流在这个距离上一秒可运行几千亿次，人脑运算速度的数量级就大得没法形容。如果一定要表述的话，大约是100，000，000，000，000，000，000，000，000，000，也就是说，在一个数字后面要加上27~30个零。要知道，我们现在终端数据库使用的计算机，其运算速度与人类大脑的运算速度相比，人类的大脑运算速度要比我们整整超出了几千万个数量级。

“还有一个更重要的因素，那就是计算机工作时只有开或关两种状态，而人类的脑细胞、脑神经、突触、蛋白质以及组成蛋白质的氨基酸有很多种，运动起来远比电路复杂得多了。幸亏眼下人类的大脑利用率不到2%。如果有一天，地球上有人将大脑的利用率提高到50%，那引发的突变效应简直不亚于核裂变。

“所以，妄图通过计算机控制人类，特别是当人类的大脑细胞真正高速运转起来的时候，将会出现我们根本无法控制的风险！”

现在回想起来，父亲真是先知先觉，早就预测到未来地球上的人类大脑一旦发生突变，其结果无法想象，无法控制。

眼下，当务之急是近距离地接触地球上的彼德和他的家族，弄清这个特异情况出现的缘由，再采取相应的对策。

想到此，西格玛再度回到座位前，背对着巨型屏幕，对下属发出新的指令：

“暂停珈玛计划中的红色部分，黄色部分立即启动！西塔，这个计划的黄色部分主要是你策划的，也由你负责具体实施，就暂以你的名字命名，叫‘西塔计划’。为什么这么做，你懂的，老太太那里我去解释。”

第十五章　达成意向

中国的饺子真是一种奇特的食品，不仅中国人爱吃，外国人也同样为之垂涎，再加上它的文化含义——包容，还真能让围坐在一起的同食者之间加深亲情，消除误解增强相互间的包容。

依莎贝拉一行 7 人在中国餐馆点了不同馅的饺子和几份上海本邦菜。彼德对中国的饺子和上海本邦菜肴更加情有独钟，顾不上和小伙伴们说话，只顾尽情地大快朵颐。

莉莉却善意地向伊娃介绍着中国饺子的特色和优点："伊娃，饺子和肯德基比，哪个好吃啊？"

伊娃嘴里刚刚塞进一个猪肉白菜馅的饺子，睁大眼睛，赞许地望着莉莉不断点头。

莉莉看她那样又好气又好笑："问你哪个好呢，你只点头，究竟好不好呢？当然，你是对美味的饺子点头称赞吧，真是吃得好说得好！"

看到三个孩子一边津津有味地吃着饺子，一边欢乐地逗笑，依莎贝拉心里感到片刻的安宁。中国饺子对她来说，也是一种诱惑。她相信，这家中国餐馆的厨艺一定不差，尤其是那种荠菜猪肉馅饺子，有一种独特的清香，而且那种野菜吃起来有一种特别的嚼劲儿。只可惜，在美国的超市里好像永远买不到这种野菜。

她没有马上动筷子。她心里清楚，今天这顿饺子可不是白吃的，对方一定有事。

索菲亚微笑着看着三个孩子，也不着急动筷子。她身旁的两个年轻人更是彬彬有礼，似乎在等她的指示。

处处都从对方角度考虑问题的依莎贝拉，主动地向索菲亚问道："索菲亚小姐，您怎么不吃啊？"

"看到孩子们吃得这么开心，比我吃还要高兴！"

"吃吧，饺子要趁热吃，凉了就没味道了！"

果然，这种侧面的提示打开了索菲亚的话题。她干脆把椅子向依莎贝拉的方向挪了挪，满脸微笑地说出了自己的来意。

“眼下，所有家长都特别关心孩子能不能在早期教育方面得到最优秀的教育资源，或者是让孩子从早期教育开始就能比同龄人更加出色。但是，让所有家长头疼的是，所有孩子对学习抱着一种反感的心态。当然啰，学校为了追求升学率，或者为了培养出更多的‘优等生’、‘尖子生’，不惜给孩子增加学习负担。其实，这种做法不仅剥夺了孩子最宝贵的童年，扼杀了孩子的天性，还有可能导致孩子采取极端方式对抗。

“我们儿童智力开发中心一直致力于这方面的努力，想从学校和孩子的角度出发，寻求一种两全其美的解决之道。

“我真羡慕你家彼德。小小年纪就能拥有比成年人更丰富的各种专业知识。也希望让更多的孩子能够像他一样，少读书，至于不读书，就能掌握各种专业知识，就能直接进入社会，走向理想的岗位。

“所以，我们初步打算利用几个周末，邀请彼德到各地的一些中小学校进行 TED 巡回演讲，一是让大家更多地了解彼德神奇的能力，再就是想让他结识更多的朋友，探讨如何把这种超强的记忆功能与更多的人进行分享。

"上次冒昧地去你们家探访，正好赶上你们外出，没有来得及和您详细交流。所以，今天我再次冒昧约您一同共进晚餐，借此机会想听听您的想法。"

听完索菲亚大段说词，依莎贝拉反而陷入沉思。

是啊，哪个家长不希望孩子在学习上优秀，在工作上高人一等？但是，彼德为什么拥有如此超强的记忆能力，自己也不清楚。索菲亚的想法，其实和彼德的想法异曲同工，都是想让更多的孩子不用读书学习就样样精通。

但是，最近彼德在学校已经把上至校长、校董，下到老师同学都折腾了一个遍。以她对儿子的了解，他一定是不达目的决不罢休，还将用不同方式继续折腾。

如果这家儿童智力开发中心是一家专业机构，也许能够让彼德少一些折腾。至于能不能让所有孩子都能像彼德一样具有超强记忆能力，她一直持有怀疑态度。

带着半信半疑的态度，依莎贝拉试探着问道："说说你们具体打算吧。"

精明的索菲亚听到依莎贝拉这么说，感觉她基本认可了自己的观点，现在要顺势介绍好自己的具体设想。

"我们打算第一场演讲选在当地一所中学。到时候也希望邀请您一同参加。"

依莎贝拉听完索菲亚的想法，反复掂量。演讲，对于儿子来说似乎不成问题，这孩子有点“人来疯”，人越多的地方，他越有激情。不过她最担心的还是儿子的学业。当然，小学学业对儿子而言几乎没什么影响，更重要的是这种做法会不会滋长儿子骄傲自满的情绪。儿子最大的弱点就是虚荣心太强。他花了那么多时间捣鼓“记忆神器”，不但没有受到同学的拥戴，反而遭到集体声讨。这段时间以来，他还心有不甘地和伊娃偷偷摸摸地反复试验着。至于周末，不是缠着爸爸打橄榄球、看橄榄球比赛，就是在自己的小天地里鼓捣。这要征求一下他的意见。

“彼德，这饺子怎么样?”听到妈妈询问，彼德礼貌地放下筷子，直了直身子，微笑回答道：“好吃，谢谢阿姨!”

索菲亚听到彼德的致谢，连连夸赞：“好孩子，真懂礼貌!”

依莎贝拉接着问道：“彼德，这位阿姨想在下个周末请你去学校演讲，你有兴趣吗?”

彼德回想这些天来老师在讲台上讲课的情景，以及他那种仰视老师的心情，心里就升腾起一种强烈的愿望，也想面对成百上千的学生，说出自己心中的想法，讲述为什么要“这个世界上所有学校都应该消亡”，为什么说“学校就是谋财害命的地方”的原因。

然而，当他一想到周末将被占用，不能和爸爸打橄榄球，不能在自己的小天地里任由思维天马行空地驰骋。还有，上次自己手捧阿福，口中默念《汤头歌诀》，当时已经喜欢上一种类似熏衣草的紫色雾气，还来不及进入，只听到那位标准普通话的女中音说了句“您已经进入无为记忆空间”。紫色雾气代表的是什么专业，自己还没有来得及听，真想周末花点时间进去看看。再者就是不知道妈妈是支持还是反对。

他王顾左右而言他地指着桌上的一盘菜肴回答道：“妈咪，这个油焖笋还没有你做得地道!”

人类大概很难逃脱被戴高帽子的享受，依莎贝拉听到儿子的奉承，脸上露出欣喜的笑容。不过，儿子这种奉承的小伎俩还不足以让她偏离谈话的主题，一字不落地再次问道：“彼德，这位阿姨想在下个周末请你去学校演讲，你有兴趣吗?”

见彼德犹豫，喜欢热闹的伊娃觉得，又有机会展示自己溜须拍马的技艺了。当然，她更喜欢看到彼德被自己奉承时那种得意洋洋的样子。于是，她又使出了制胜的法宝：“这几天听老师讲课真没劲，要是彼德哥哥讲呢，一定很棒！是吧?”伊娃拍了拍彼德肩膀，很哥们儿地问道。

见彼德没有否定，她又加了一把火：“彼德哥哥，那些忘恩负义的同学不是说你是‘骗子’‘蹩脚魔术师’嘛，你登上学校的讲坛，让他们好好看看！”

这一把火彻底将彼德说动了。看到妈咪也用肯定的眼神看着自己，伊娜娃得寸进尺地问依莎贝拉：“妈咪，我也想跟你们一起去，可以吗？”

这么多年来，伊娃的父母远在美国东部工作，伊娃和爷爷在一起生活，但是大部分时间都在彼德家吃、住、玩。她和莉莉挤在一张床上，简直就把这里当家了。自然，她也把依莎贝拉当成妈妈，跟着彼德和莉莉一起称呼依莎贝拉为妈咪。

同样，没等依莎贝拉回答，索菲亚就主动热情地表示：“可以啊，不过你彼德哥哥还没表态呢！”说完，她就将期许的目光转向彼德。

“先尝试尝试？”彼德看着妈妈，用一种试探的语气说道。

依莎贝拉点了点头，补充了一句：“再问问你爸爸吧！”

一顿饺子让双方初步达成了合作意向。当然，关键是彼德那一点点虚荣心起到了决定性作用。

第十六章　再试锋芒

第一场 TED 演讲选择在当地的一所中学举行。CIDC 组织有意识地邀请了几位与彼德父母专业相同的天体物理学家、作曲家以及核能专家作为嘉宾旁听，而彼德则为 TED 主讲嘉宾。

CIDC 特别邀请了一位 CNC 青少年益智类电视栏目的著名主持人茱莉亚担纲。当茱莉亚在追光灯下款款走到台前时，台下黑压压的观众立刻发出阵阵欢呼声、口哨声和掌声。他们都是茱莉亚的粉丝。与现场观众一阵简短的寒暄后，茱莉亚开宗明义：

“朋友们，青少年迫于学习压力，选择极端方式结束生命，已经成为世人关注的一个重要话题。为了让朋友们更直观地了解这种令人震惊的现象，下面，请大家观看一段 VCR。”

视频的开头是一声声长鸣的警钟，在重金属音响效果的渲染下，黑色的屏幕上突显出一行行黄色的印刷体字，向观众展示了一组令人震惊的数据：

每年全世界有20多万青少年自杀，其中60%以上的原因是因为学习压力大。

视频以快闪的方式向观众展示了刚刚发生在美国加州帕拉阿图市的一名 16 岁少年卧轨自杀的血淋淋画面。据该市所属的圣塔克拉拉郡的治安官称，死者叫卡梅伦·李是当地冈恩高中的学生。

校方也承认，该生因为不堪学习压力而自杀。这段视频还剪辑了同样在这所学校，还有一位 19 岁的高中毕业生奎恩也因学习压力过大，选择了同样的方式结束生命。

冈恩高中是北加州顶级的公立高中之一。该校学生毕业后大多能进入斯坦福大学就读，然后入硅谷就职。可以说，进入这所学校，就意味着登上了通向名牌大学就读、再进入硅谷世界百强科技企业的快车。然而，就是这所名校，也以学生压力过大而“名闻遐迩”。

视频转向一所与之齐名的帕洛阿图高中。低沉的男低音用话外音解说道：

据美国当地媒体报道，当今由于学业竞争激烈，高中生心里充满了压力和焦虑。此外，有些学生还受到一些精神和心理障碍的困扰，种种因素导致近年来南湾帕洛阿图联合校区多次发生青少年自杀事件。统计显示，仅去年，帕洛阿图高中就有6名学生相继自杀。帕洛阿图联合校区自杀率是全国平均水平的5倍。

为防止悲剧再次发生，近来该学区采取了一系列具体措施解决这个问题。其中包括为学生提供青少年聊天室。有研究表面，青少年更倾向于向同龄人倾诉心事。在青少年聊天室，学生可互相倾诉，寻求和给予同龄人支持，从而缓解心理压力。此外，学区还通过控制家庭作业量等方式，减轻学习压力。

学区负责人介绍说，现在帕洛阿图高中生每周用于处理家庭作业的时间缩减至15小时。学校还建议高中生不要过多选修AP课程，否则将会占用宝贵的休息、家人朋友共处等时间。

学区负责人还表示，为杜绝学生自杀悲剧再次发生，学区获得来自家庭、学校、政府、疾病控制中心（简称CDC）以及斯坦福大学、CIDC等各方的支持和配合。目前CDC正与地方组织、斯坦福大学等研究机构进行合作，寻找解决方案。

镜头切换到中国，话外音沉痛地讲述：中国越来越多的学生因为学习压力过大而选择跳楼、喝农药等方式自杀。因为这个群体年纪小，尤其那些面临升学压力的初、高中学生，心智等各方面还没有成熟，没有形成一定的心理自制能力，过早地结束了年轻的生命。

这段视频深深地打动了现场所有人，让他们陷入痛苦与迷茫之中。

视频定格。

茱莉亚沉重地说道："朋友们，正如你们所见，一个个鲜活的生命就这样草率粗暴地离开了我们，扼杀他们的罪魁祸首就是学校，就是越来越沉重的学习压力！"

茱莉亚这段话将观众的情绪推向低谷后，突然，她将声音提高了八度，试图再度触及观众的兴奋点：

"今天，我们想给大家介绍一位快乐少年。他没有上过学，也不想上学，但是，他却拥有令人羡慕的各种专业知识。当然，他也希望在座各位以及更多的孩子和他一样。让我们来认识一下这位神童。为了让现场观众更直观、更有效地了解今天这位特别的主讲嘉宾，也请大家先看一段视频。"

茱莉亚身后的 LED 屏幕上展现的视频档案和奥密伽 7 星人的安全总部看到的关于彼德的视频档案一样，只不过更加简洁扼要，不同的是直接用英语解说。这段视频资料的结尾部分，同样是彼德面向蓝天，挥舞双拳高呼“所有学校都应该消亡！”

现场爆发出热烈的尖叫声、口哨声和掌声。

奥密伽 7 星人看到这一幕，与现场观众的反应截然不同。

奥密伽 7 星人的安全总部内，西格玛和下属个个咬牙切齿。

西格玛愤怒地指着西塔说道：“越来越嚣张了！你的西塔计划，推进到哪一步了？”

“正和埃它商量启动时间呢！”

西格玛想想也对，计划到了执行层面，必须由埃它操盘。这孩子现在也懂规矩了。

一丝短暂的满意之后，西格玛立即命令道：“越快越好，事不宜迟！”

西塔举起左手弯曲的食指表示服从。

看到现场观众反应如此热烈，茱莉亚适度地让掌声飞了一段时间后，礼貌地打断观众，再度煽情地说：

“让我们用更加热烈的掌声，请出今天的主讲人彼德!”

身着蓝白相间T恤、牛仔裤的彼德在观众的尖叫声小跑着来到茱莉亚面前。

茱莉亚干脆利落地说：“接下来的时间，话筒就交给你了”。

彼德第一次见到这种场面，不免有点紧张。想到索菲亚对他进行突击培训时的交代：只要像和朋友聊天一样就行。他深深地吸了一口气，指着视频画面说：

“同学们，你有没有想过，我们为什么上学呢？从踏入校门到走入社会，可能要耗费我们生命的三分之一甚至更多的时间，而且，我们的祖祖辈辈都是这么过来的，我们的子子孙孙也逃不脱这样周而复始的浪费!”

彼德的话像一块投入平静池塘的石头，激起阵阵波澜。台下开始骚动起来，有的惊讶，有的交头接耳。

有几个早就厌烦上学的同学相互应和着，其中一位竟然恍然大悟似的叫道：“是啊，学校简直就是谋财害命的地方!”

顿时，他的附和引起其他同学的共鸣。彼德向观众做了一个“安静”的手势。观众又将目光聚焦在他身上。

彼德娓娓地向观众介绍起自己的身世。他身后的LED屏幕上也随之播放视频资料。看起来，彼德的家族并不显赫，甚至可以说普通得不能再普通的家庭。如果说与其他家庭有什么不同的话，那就是他的家族从彼德的曾祖父算起，到彼德这一代已经堪称是一个“国际家庭”了。

彼德如数家珍般地介绍完了自己的家族成员。观众席上，和依莎贝拉坐在一起的伊娃却撅着小嘴问道：“妈咪，他怎么没有介绍我啊？”

依莎贝拉轻轻抚摸着伊娃，示意她别说话，继续看。

茱莉亚再次款款走上台，亲切地拍了拍彼德肩头，对观众神秘地说道：

“各位，接下来让我们一起见证，一个没有上过学的他，为什么敢提出‘所有学校都应该消亡’。”

顿时，现场像凝固了一样，安静得掉一根针也能听得见。

茱莉亚稍稍顿了顿，扫视一下全场，煽情地问道：“大家想不想亲眼见证一下？掌声在哪里？”

台下的观众没有反应，在茱莉亚提示下，一阵如暴风雨般的掌声顷刻间爆发。

见到观众如此迫切，茱莉亚依然卖关子似的说道：“掌声再热烈一些吧，让我们有请两次荣获诺贝尔物理学大奖的约翰·马瑟博士！”

提到约翰·马瑟博士，台下的老师、学生包括特别邀请来的嘉宾都如雷贯耳。这位物理学的天才曾经凭借“发现宇宙微波背景辐射的黑体形式和各向异性”以及“因为探测宇宙中微子，在天体物理学领域作出的先驱性贡献”两大世界级的物理学难题捧得诺贝尔大奖的物理学教父级人物。

在热烈的掌声中，一位鹤发童颜的老者健步走到台上。他就是约翰·马瑟博士。他慈祥地轻抚着彼德的头，充满赞许地说道：“你好，彼德！感谢你！”

彼德一脸不解，这位德高望重的老爷爷怎么会感谢自己呢？

第十七章　搅动风云

茱莉亚也被这戏剧性的场面弄懵了。难道约翰·马瑟博士和彼德此前就认识？

茱莉亚不愧是资深主持人，她敏感地抓住这一点，谦恭地询问约翰·马瑟博士：“约翰·马瑟博士，您今天从百忙之中赶来参加我们的活动，还没有感谢您呢，您却先给我们带来一份大大的惊喜。您给大家说说，为什么要先感谢彼德呢？”

约翰·马瑟博士亲切地将彼德挽到身边，向观众解释道：“他父亲是我的学生，也是 X9 超级天文现象探测计划的具体执行人。这个计划的总负责人就是我，我要代表我的团队真诚地感谢小彼德。因为，他帮助我们解决了困扰我们团队一年多的科研难题。也正是这一点突破，我们能够顺利地执行 X9 超级天文现象探测计划。”

约翰·马瑟博士把彼德与赵亚文那天晚上的对话简要地描述了一遍。正是彼德的提示，让赵亚文脑洞大开，带领团队取得了项目技术难题的突破。

茱莉亚不失时机地再次点燃观众的热情：“看来，我们还得用热烈的掌声感谢约翰·马瑟博士的光临，感谢彼德为 X9 超级天文现象探测计划作出的贡献!”

掌声、哨声、尖叫声让现场沸腾起来。

在茱莉亚再三示意下，现场安静下来。她言归正传：“现在进入‘现场测试’环节。不过，今天的情况有点出乎意料，我们不知道考官与彼德相识。当然，我们相信他们不会因为认识而作弊。”

事实上，对彼德而言，他与约翰·马瑟博士完全陌生，台下观众也完全理解今天出现的状况，不但不以为然，反而期待下面的测试。

看到观众充满了信任、友好和期待，约翰·马瑟博士开始对彼德的“测试”。

“朋友们，今天，我们的问题就从世界上热议的话题‘引力波’说起吧。彼德，你给大家说说吧。”

说到引力波，现场许多师生都不知道是什么，只是近来这个概念频频在国际各大媒体上出现，很多人只能模模糊糊地有一个概念，这是数百年来困扰各国科学家的一道世纪难题。

彼德胸有成竹地应答道：“约翰·马瑟博士，也许是引力波的作用吧，我好像已经意识到你会问这个问题。”

没等到约翰·马瑟博士反应过来，彼德就口若悬河般地娓娓道来：

“当地时间 2016 年 2 月 11 日，LIGO（激光干涉引力波天文台）科学合作组织向全世界宣布，人类首次直接探测到了引力波。这个震动世界的消息证实了爱因斯坦引力理论的最后一项预言。至此，爱因斯坦广义相对论的最后一块拼图，被补上了。

“如果我没有记错的话，在 1900 年，英国物理学家开尔文勋爵曾经得意地宣称，‘在物理上没有不被发现的重大东西了。剩下的一点未知事物也很容易精确地观测’。

“但是在接下来的 30 年中，量子力学、爱因斯坦的相对论颠覆了这个结论。直到一百多年后的今天，面对有人向世界宣布发现了引力波，可以说，再也没有一位物理学家敢断言我们对物理和宇宙的认识‘接近完美’。相反，每个新发现似乎又打开了一个潘多拉之盒，喷涌出更深更多的物理问题。

“事实上，存在的东西永远就在那里。只是我们不知道它会在什么时间、什么地点以什么形式出现。

“关于引力波，要我说，那就是如果把引力波探测看作交响曲的话，LIGO（激光干涉引力波天文台）的成果就是一段美妙的序曲，它证明了引力波的存在，引力波天文学随之诞生。但是，弹奏引力波主乐章的地点，还应该在广袤的宇宙空间。”

彼德似乎没有正面回答约翰·马瑟博士关于引力波的问题，而是从一个更高层面上借助引力波的发现对人类的科技探索作出了阐述。观众为他的博闻强记赞叹，为他思考问题时的高屋建瓴感慨，继而，又引发观众思索，这么艰深、前卫的物理学课题，在这个没上过学的孩子眼中，竟然如此轻松，是神童？还是天赋？

约翰·马瑟博士同样有这样的疑惑，他欣慰地蹲下身子，将彼德拉近自己。

茱莉亚走过来，用近乎虔诚的语调对观众说道：“作为媒体人，早些时候也见过关于引力波的报道，但是，对引力波的理解始终是一知半解。今天，听到这位小弟弟的回答，感觉如醍醐灌顶！”

继而，茱莉亚转向彼德问道：“你还想和大家再说点什么吗？”

彼德想了想，向听众鞠了一躬说：“我想说的是，大家都应该更多地思考未来。每个人都应该设想一下：如果我从现在起昏迷100年，当我醒来时，我会问什么问题。”

彼德的这句话赢得观众热烈的掌声。

在热烈的掌声中，索菲亚缓缓走上台，接过话筒，站在彼德和茱莉亚中间：“各位，今天你们亲眼见证了一位没有上过学的孩子的超强记忆能力和超越年龄的专业知识储备。”

索菲亚稍微停顿，接着用极具挑逗性的话语问道：“大家想不想让自己的孩子，或者自己，也拥有这种超人的记忆能力？”

这句话像是扔在水中的巨石，激起了千层浪花，台下早有人疯狂地打着唿哨，扔着帽子，呼喊着，附和着……

此刻坐在VIP观众席上的依莎贝拉却感到一阵困惑：难道这家机构还能复制出更多的彼德来？

索菲亚一再示意观众安静下来，她指着身后的LED显示屏抛出了今天举办这场活动的真正目的：“如果你们也想让自己和孩子像彼德那么出色，就请按照屏幕上显示的网址登录我们的网站，或者拿出手机扫一下屏幕上的二维码联系我们吧。”

顿时，观众们涌到台前，都想和彼德合影留念。伊娃第一个跑到彼德身边，挽住他的胳臂，兴奋地送上了一顶高帽：“彼德哥哥，你好棒哦！这回，那些忘恩负义的同学不敢再骂你是骗子了吧？”

热情的观众并不介意紧紧挽住彼德的伊娃，纷纷和兄妹俩一起合影留念。伊娃微笑着摆出各种姿势和彼德分享着明星般的待遇。

鲜花、掌声、签名、合影、扫码……观众久久不愿散去。

奥密伽7星球安全总部内。

彼德演讲现场所有人的一举一动，均未能逃过奥密伽7星人的监控。

然而，此刻安全总部连续出现了令西格玛胆战心惊的异常情况：奥密伽7星球终端数据库不断恶化。

这里整齐地排列着数百台每秒钟运算速度达到8千亿次的超级计算机。这些计算机里储存着宇宙间不同星球的太空位置、星球直径、球面温度、不同星球可供生物存活的资源条件，以及不同星球物种名单，不同星球可索取的资源等。甚至包括潜伏在不同星球的特工人员的各种档案资料。

身着黑色制服的代尔他正在和几位助手监测每台计算机的运行状况。突然，有几台计算机的显示屏上同时出现了蓝屏，并弹出同样警示：你的计算机的信息已经外泄，请立即删除入侵病毒或立即关机。

在奥密伽 7 星球的淡水制备厂内，身着蓝色制服的后勤安监部首领泽它也被淡水制备监测屏上一条条“智慧能源不足，进入待机状态”的警示困扰着。

此刻，西格玛的脑海中再次回响起父亲教诲自己的那些话，“孩子，这安全保卫工作最不起眼，但是，对安全威胁最大的风险就是那种看不见的思维异变!”

眼下，正是地球上的彼德大脑中产生了看不见、摸不着的特殊记忆能力，才导致远在太空的奥密伽 7 星球受到如此影响。

当西格玛被频频传来的噩耗弄得身心疲惫时，才更清楚地意识到父亲当年的教诲是多么有前瞻性，多么精准。

但是，西格玛不知道的是，他的噩梦才刚刚开始。

第十八章　噩梦开始

彼德第一次参加 TED 演讲就获得了巨大成功。

彼德、伊娃和依莎贝拉乘坐索菲亚派出的专车回家后，彼德眼前还清晰地展现着那一幕幕热烈的情景：

伊娃紧紧挽住自己，热情的观众纷纷和他们一起合影留念。伊娃微笑着摆出各种姿势，兄妹俩共同享受着明星般的待遇……

回家后，彼德来不及吃晚饭，跟依莎

贝拉说了声“我回屋了”，就一头扎进自己的房间。

彼德的卧室，是他最自由、最隐密的私人空间。

他四脚朝天地摔在席蒙丝床上，兴奋地望着天花板，双手举拳，蹬直双腿，痛痛快快地喊出一句话：“同学们，你们就等着瞧吧！”

说完，他闭上眼睛，再次幸福地回忆起第一次参加 TED 演讲时情景。

今天在台上面对数百位同学和老师，滔滔不绝地展示自己的才华时，台下阵阵掌声和喝彩声让自己得到尊重与满足。约翰·马瑟博士对自己倍加推崇，伊娃得意地挽着自己与众多崇拜者合影留念……这一切，都让自己有一种从未体验过的享受。

不过，今天幸亏只有一位天体物理学家约翰·马瑟博士对自己进行“测试”，因为自己与父亲在一起的时间长，应付这个专业好像还绰绰有余。因为时间关系，那位作曲家和核能专家没有测试，即使测试，估计自己可以仗着长期与母亲、祖父生活，还能交出一份出色的答卷。

如若生化专业或是人类进化史专家测试，自己储备的那点知识就有点捉襟见肘了。想到这，他想起上次从学校回来后，想从黄色气雾中汲取数学知识，可惜，那天被老爸打断了。还有，熏衣草紫色的气雾究竟代表着什么专业，一定是特别诱人的专业，他想进入紫色空间一探究竟。今天，他就想进入彩色无为记忆空间，有意识地汲取某一领域的专业知识，以备下次演讲时能发挥得更加出色。

当然，今天还要进入红色的无为记忆空间，寻找设计与制作的“记忆神器”成为“长效神器”的办法。这个实验一天不成功，“所有学校都应该消亡”就只能当句口号发泄发泄。

彼德从枕头下面拿出阿福调皮地亲吻了一下，虔诚地捧着，开始默诵《汤头歌诀》：

四君子汤中和义，参术茯苓甘草比。

益以夏陈名六君，祛痰补气阳虚饵。

除祛半夏名异功，或加香砂胃寒使。

……

他刚默诵完补益之剂的第一剂《四君子汤》，一团团彩色的气雾便开始在房间里弥漫开来。蓝色的，他很熟悉，是关于音乐、作曲方面的专业知识；绿色的，在那里可以和曾祖父隔空探讨中国传统中医中药的神奇与奥妙；黄色气雾仿佛是从天上喷涌出来一般，那是最深奥而抽象的数学知识。哦，薰衣草般的紫色气雾来了，似乎还带着淡淡的薰衣草的特殊清香，那不是自己想进入的一个完全未知的空间吗？

彼德继续默诵着《汤头歌诀》补益之剂的第二剂《升阳益胃汤》。

升阳益胃参术芪，黄连半夏草陈皮。

苓泻防风羌独活，柴胡白芍姜枣随。

……

一时间，他的屋里就像雨后天空出现的奇异天象一样，出现了两条美丽的“双彩虹”，一条是色彩艳丽的“赤、橙、黄、绿、青、蓝、紫”，一条则像是另一条彩虹美丽的花冠一样，色彩缥缈且顺序与主彩虹形成镜相：“紫、蓝、青、绿、黄、橙、赤”。

这些彩虹的每条彩带都是由一种拥有极大信息量，蕴藏着不同专业知识的密集云雾组成。随着彼德继续默诵《汤头歌诀》，“双彩虹”则不断幻化着色彩，等候彼德选择。

彼德加快了默诵速度，“双彩虹”也加速了色彩的幻变频率，像是接受彼德的检阅似的一一在他眼前展现。

只要他确定选择某种色彩气雾，这种气雾马上就会充盈他的大脑。这种色彩所代表的专业知识就会从最基础的 A、B、C 到最深层的尖端领域，逐层逐级地如汩汩清泉，滋润到大脑的每个细胞，然后，再有序地在大脑的某一区域储存起来。今后，只要彼德向大脑发出需要某种色彩的指令，这种色彩所代表的专业知识就会被激活，成为彼德拥有的知识。

如果说，以前他只是无意识地发现这种方式可以吸纳各种专业知识的话，这次他可是有备而为，准备认真地选择几种专业知识痛痛快快地将其全面系统地据为己有。

正当彼德在自己的私密空间“练功”时，他万万没想到的是，那些不同色彩的气雾其实就是储存海量信息的量子团，而这种仅仅在地球上密集的量子团产生的效应，却导致外太空深处奥密伽7星球产生计算机存储信息的外泄和智慧能源剧烈消耗。

实质上，整个宇宙是一个整体的能量平衡体系，包括实在的粒子和空间，由于能量平衡，整个能量体系时刻按一定的能量运动规律运动，宇宙中的每个粒子作为宇宙能量的一分子，它本身的能量平衡状态始终与宇宙环境保持一致，也就是所谓的能量的稳定性，它们的电磁能量波始终存在着相互作用。

但是，当两个物质粒子同时处于某一状态，即尽量使之处于基态或能量控制编码态时，它们在相互作用时产生的电磁能量、惯性以及互动就产生了一种“量子纠缠现象”。

按照量子理论，彼德大脑高速运转时所产生的脑电波以及各种能量场的激活，可以让远在银河系以外相对应的“纠缠量子”产生共振与共鸣。尤其是人类大脑千万亿计的细胞高速运转频次所产生的能量，足以让银河系以外的量子团以几何级的动能增强。当然，这一切彼德没有丝毫觉察。

就像一只亚洲的蝴蝶在太平洋边上拍了拍翅膀，却导致整个美洲几个月后出现龙卷风的“蝴蝶效应”一样，一个微弱气流的产生，引起四周空气或其他系统产生相应的巨大变化。

然而，当彼德将自己关在小天地里，在人类所有专业知识的汪洋大海里尽情遨游时，他万万没想到自己大脑中细微的思维变化，能够导致外太空的奥密伽 7 星球产生如此剧烈的反应。

更不可思议的是，彼德在任何地方的一言一行，都被奥密伽 7 星人尽收眼底。唯独在他的房间里，却成了奥密伽 7 星人的监控盲点。

随着彼德默诵《汤头歌诀》的层层递进，不同色彩的气雾在屋内越来越浓，还是那个甜美的女中音提示：“您已经进入无为记忆空间……请根据不同色彩选择你所需要的专业。”彼德决定先选择黄色，上次就想选择黄色气雾把数学专业知识进行一次系统地升级，只不过父亲如约而至，错过了尝试的机会。

彼德从床上跳下来，从“双彩虹”中摘下一条黄色彩带，顿时，无数的数学知识进入彼德的脑海。不过，今天这些数学知识像早有约定似的，并没有组成一道道艰深枯燥的数学公式，而是用数学的方式让彼德在不同的艺术领域中领略了一回“数字化艺术”。

作曲时所需要用到的对位和声理论，在黄色的彩虹里变成了十二平均律组成的不同数字，也许正是中国人的智慧，这十二平均律的表现形式竟然是用中国的简谱记录的，而中国用于记录音乐的简谱，正是借用了“1、2、3、4、5、6、7”，只不过没有按照数字发音去读，在简谱中把 1 ~ 7 的数字唱成了哆、味、咪、发、嗦、啦、西。

彼德凭借从祖母那里学到的乐理知识试了一下，果然，若想为一个乐句配上小三和弦或者属七和弦时，只要按照一定的数学规律，在基本乐句的音符上进行加加减减就可以了，有的加上纯三度，有的加上纯五度音就可以了。

忽然，彼德的眼前又飘来一幅幅精美的世界名画。但是，这些享誉世界的名画也同样被一组组数字进行了编程，那个甜美的女中音用纯正的普通话介绍道：

“这是意大利文艺复兴时期著名画家达·芬奇的肖像画作品《蒙娜丽莎》，经过数字编程后，只要按照这一规律，确定肖像的眼睛与五官的距离，无论绘画什么肖像，那幅肖像总具有美丽端庄的蒙娜丽莎那种倾倒无数世人的微笑，且眼神会随着观赏者位置的移动，一直注视着观赏者。”

彼德随着甜美的女中音的提示，仿佛进入一个全新艺术创作的境界。只要他严格按照这些数学规律，让自己成达·芬奇第二、贝多芬第二不成问题。

最让彼德感兴趣的是，名闻天下的中国厨艺居然也可以用数字解读。

中国的八大菜系中最有代表性的名菜，如粤菜中的“佛跳墙”，川菜中的“麻婆豆腐”，淮扬菜系中的“狮子头”，浙菜中的“西湖醋鱼”，都可以用数字编成的一道道程序，从食材到调料再到刀功、火候都精细地以数字编程。还是那个甜美的女中音，每介绍一个菜系的名菜制作过程时，竟然分别用不同的地方方言绘声绘色地用数字说话，听得彼德口水都差点儿流出来了。

正当彼德大口大口咽口水的时候，房门又被小心翼翼地敲响了，门外传来怯生生的声音：“彼德哥哥，妈咪请你下去吃晚饭了。”

通常，只要彼德钻进自己的房间，任是雷打不动，谁来叫门也无济于事，更别说吃饭了。但是，他听出来了，又是妈咪差遣伊娃来叫他，这是对付彼德百试不爽的一招。不过，今天彼德正好被一道道中国名菜把馋虫勾引出来，再听到伊娃催他吃晚饭，他暗下决心，抽空一定利用数字原理，好好掌握一两道名菜，在家亮一手，好好孝敬孝敬父母。

彼德咂咂嘴，咽了咽口水，起身开门，和伊娃一同下楼胡乱扒拉了几口饭，又一头扎进自己的房间。

他今天还有一个目标，就是进入红色气雾中，寻找“记忆神器”的“神性”长效办法。

彼德再次默诵《汤头歌诀》，不一会，一团团彩色气雾又飘逸在房间里。当红色气雾出现时，他毫不犹豫地选择了红色气雾。顿时，他的耳畔响起了甜美的女中音，用纯正的普通话告诉他：“这是无为记忆空间，您已经第九次开启记忆专业的红色气雾，请问今天有什么需要吗？”

听到对方询问，彼德马上在思维意识里启动了制作“记忆神器”的疑问：为什么我制作的“记忆神器”只有 24 小时的有效期？如何才能让人拥有超强记忆的能力……

甜美的女中音回答道：“您提出的需求已经超出无为空间的范围。如何让所有人都享有特殊记忆功能，此乃天机，不可泄露。您还有一次开启的机会，请谨慎选择。”

彼德听完这段提示，不得不暂时放下“记忆神器”的研制与开发工作，放下用这种方式帮助同学的打算。但是，能不能找到一种更有效的办法来帮助同学，惠及所有人呢？他心头涌起一股使命感。

他紧握双拳，暗下决心，对着阿福说道：“阿福，阿福，请你真诚地帮助我，实现我的愿望！”

第十九章　霸主遭殃

奥密伽 7 星球安全总部。

西格玛和西塔等几位属下观看视频中彼德演讲盛况。特别是彼德在演讲前的一段开场白，西格玛反复听了好几遍：

“同学们，你有没有想过，我们为什么一定上学呢？从踏入校门上学到走进社会，可能要耗费了我们生命的三分之一甚至更多的时间，而且，我们的祖祖辈辈都是这么过来的，我们的子子孙孙也同样逃不脱这样周而复始的命运……”

这段话之所以引起西格玛的极大恐惧，因为他不敢相信，一个年仅 7 岁的孩子，却一语道破了当年奥密伽 7 星人设置人类汲取智慧与储存记忆功能的机密。不仅如此，还勾起西格玛家族与汉斯家族一段不堪回首的斗争往事。

想到这，一种不寒而栗的隐忧从西格玛的心底袭来。当年，他的祖辈正是因为在这个问题上与汉斯家族结下了深深的怨恨。父亲在将安全总部负责人的职位让给自己时的一番讲述，至今，还历历在目。

首先，利用人类的智慧能量作为能源，这是当年占据奥密伽 6 星球后，老西格玛凭借修炼至第七维度的大智慧提出的创意。一则是为了不再重蹈奥密伽 6 星人滥捕滥杀海洋生物的覆辙，再则也是为了在向地球投放人类后，能够凭借这一隐形手段有效地控制人类智慧急剧增长的手段。

老西格玛的设想，前瞻性地解决奥密伽 7 星人在能源方面的后顾之忧，仅凭这一条，老西格玛竞争法相之位已经胜券在握。

然而，依仗率众投诚居功自傲的汉斯，已经意识到老西格玛这一招对自己的威胁，使出了“软刀子”。表面上她认可老西格玛的设想，暗中却命令负责向外星球投放生物的“外星殖民部”的首领，悄悄改变了具体细节。这也正是彼德一语道破机密的所在。

为什么地球人出生时大脑一片空白，必经耗费生命的三分之一甚至更多的时间学习，而且，人类必须一代又一代周而复始地沿袭这种汲取和储存智慧模式。

汉斯的“软刀子”可谓一箭双雕：首先，让地球上的人类不能生而具有智慧，必须花费生命的三分之一时间学习，而后再用三分之一的时间从事社会生产与劳动，换取生存的必须物质，再用三分之一生命准备寿终正寝。这样一来，地球上的人类向奥密伽 7 星人贡献智慧能源的周期就大大缩短，这让女皇明显感觉到老西格玛的这招虽然胜于奥密伽 6 星人，但是，并非最理想的解决之道。

如果说汉斯祭出“软刀子”第一招是打压老西格玛的话，第二招就是在女皇面前邀功了。让地球上的人类不能生而具有智慧，而且只将他们的寿命设置成了 100 年，这些设置表面看似可以有效地控制地球上人类智慧的急剧增长甚至突变，但是，恰恰是因为这个设置，为今后埋下了极大的隐患。因为人类在储备知识和智慧的周期太长，而且一代一代周而复始。如果一旦人类发现这个问题，难保不会出现什么意外。这不，眼下具有特殊记忆能力的彼德出现，不正是当年老西格玛的担忧嘛，只不过当时他没有证据来证明而已。

当年，忠勇耿直的老西格玛当着汉斯的面在女皇面前仗义直谏："尊敬的女皇陛下，窃以为法相将人类的智慧汲取和储存设置成这种模式实为不妥！首先，人类一代一代生死轮回，智慧成为能源的供给的周期大大缩短，不利于我们的能源需求；再者，让人类生而大脑一片空白，再花上30年时间慢慢储存智慧，看似可以控制人类智慧上限突变，殊不知，让人类用30年储存智慧的过程，本身就是隐藏着巨大变数的过程。谁能保证，若干年后，地球人的大脑不会发生突变？"

女皇不以为然地问道："如果依你又如何设置呢？"

老西格玛胸有成竹地将早就考虑好的设置方案和盘托出：

"我以为，让地球上的人类生而就具有祖辈积累的智慧，就像地球上的其他生物一样，生而就具备在自然界生存的能力与智慧，对于人类的寿命，完全不必设置成100年，30年足矣。这样一来，人类智慧的继承和储存过程，就是速生速灭的过程，这样也可以大大缩短智慧能源回收周期。"

对此，汉斯反驳道："人类生而具备智慧遗传记忆？太可怕了。你不怕人类的智慧代代相传，有一天会导致他们智慧数量级增长，出现我们都控制不住的局面吗？"

老西格玛反唇相讥："恰恰相反，人类从祖辈们那里继承了智慧，日积月累，最大的赢家是我们。我们可以通过人类智慧的增长，加倍地收获智慧能源!”

“哈哈，西格玛，你很清楚，你的这套设置虽然看起来让奥密伽7星人在能源方面可以收获更多，毫无疑问，随之而来的风险也更大。这样一来，你这个安全总部就变成了不可或缺的重要部门了。到那时候，奥密伽7星人虽然可以坐享地球生物供奉的智慧能源，但是，我们始终坐在一座随时可以喷发的火山口上。到那时，你也有机会展示西格玛家族的本事了吧!”

汉斯的花言巧语直接将老西格玛的设置归结为谋取家族私利，这是女皇最忌惮的事情。

女皇被汉斯的花言巧语蒙蔽，否决了老西格玛的忠谏，听信了汉斯的谗言。

眼下，报应来了。汉娜，你这个老虔婆怎么不出来为你的祖辈恶行作个解释呢?

拥有特殊记忆能力的彼德问世，不仅直接引发了奥密伽7星人的警情，更勾起了西格玛家族的难言之隐。

不过，家族恩怨归家族恩怨，西格玛此刻很清楚，当下最重要的事情，还是要针对警情寻找对策。

看到西格玛沉吟了半天，好像在回忆什么不愉快的往事，下属不敢贸然打断。看到西格玛回过神来，并以征询的眼神扫视他们时，西塔怯生生地向西格玛提出:

“CIDC 带着彼德四处招摇，恐怕后果更加可怕。这个孩子的演讲简直是对我们公然的藐视！”

西格玛冷笑一声，强压愤怒，用一种自我解嘲的口气说道：“孩子们啊，别幼稚了！现在地球上网络、媒体的传播手段那么先进，难道还想让纸包住火？不过，一定要弄清楚 CIDC 的背景，他们还想再出造出几个彼德来，他们还能不能再出造出几个彼德来。”

西格玛咬牙切齿地说完这句话。他的潜台词很清楚，一个彼德已经够他们喝一壶了，如果 CIDC 再弄出几个彼德来，还不知道如何招架呢！

但是，接下来的几个坏消息让他惊惶失措。

巨型屏幕的右下角的对话窗口突然闪烁几下，弹出了后勤安监部首领泽它惊慌的面部特写。他匆忙地说：“尊敬的西格玛先生，请您看看这几台设备的安全运转数据显示。”

镜头立即推向一排排正在运转的淡水制备设备，在其中一台设备的运转显示屏上停下来。可以清楚地看到，这台设备的能源供应指示系统由正常的绿色变成了黄色，再由黄色变成了橙色，正处在低能耗怠速运转不工作的状态。也就是说，由于能源不足，这台设备已经不能正常地将海水转化成可以饮用的淡水了，只能以怠速的模式确保设备的运转。如果一旦能源不足，能源供应指示系统变成红色，就必须完全停机，大量停滞在设备内海水就会在很短的时间内将机器的零部件腐蚀殆尽。

镜头继续推进，并在几台设备的运转显示屏上停留。那些设备的能源供应指示系统都呈现橙色，处于低能耗的怠速运转模式。

“够了！”西格玛不想看到更多相同的情景，转而色厉内荏地自言自语：“真没想到情况恶化得这么快！”他调节整一下情绪，询问，“这种情况什么时候发现的？”

“就在几秒钟前。阁下，我们按照您的指示，按照读秒设置监控程序向您即时汇报的。”

“你能不能告诉我，按照你那里智慧能源库存量，保证设备正常运转能维持多久？”

“不好说，这要看地球上那小子接下来怎么折腾。”

“你就从最坏的情况说吧！”

显然，西格玛不得不处处着眼于考虑最恶劣的发展趋势。

“乐观一点不会超过一周吧！”

“一周，一周？”西格玛听到这个结果，迅速计算着留给自己还有多少应对时间。

另一个闪烁着报警的窗口是终端数据库。

负责整个奥密伽 7 星球终端数据库的首领代尔他通过视频窗口向西格玛求援：“上次，刚刚截获来自地球的警情时，终端数据库存已经处于崩溃的边缘了。随后，就出现了终端数据库大面积蓝屏的现象。重启后，导致大量数据丢失。就在一秒钟前，两台主机在蓝屏后已经显示出‘能源不足，请备份好文件，即将关机’的警示!”

即将关机？一个庞大的数据系统中的几台主机如果关机的话，整个系统就会像一张破网一样，不仅漏掉大量的信息，还会阻塞所有信息通道。西格玛快速评估着这条警情潜藏的危险，这可是比没有淡水饮用、没有氧气呼吸更为致命的灾情啊。

“孩子，能不能暂时先关掉几台辅助计算机，把能源节省下来保证主机运行?”

“报告尊敬的西格玛先生，我们已经这么做了，包括我们内部人员的档案管理系统、女皇家族庆典的档案系统。西格玛先生，这是西塔给我们出的主意，要是上面怪罪下来，还希望您帮助我们解释。不过，就算停掉10台，也不能保证一台主机的能源供应。”

听说自己的孙子还能给终端数据库的代尔他出此良策，西格玛心中泛起一丝丝的慰藉。这小子有出息!

“继续监控，随时报告!”西格玛只能无奈地向向代尔他命令道。

窗口出现了一个左手弯曲的食指特写。

西格玛结束了与终端数据库和后勤部两位首领的对话，面向几位属下，黯然地说道："孩子们，看到了吧，这么短的时间内，情况就急剧恶化。照这个速度继续下去，后果不堪设想啊！下一秒钟和更坏的情况，不知道哪个先来。"

说完，西格玛用仇恨的眼光扫视下属，咬牙切齿地向西塔发出指令："加速推进西塔计划！"